Thomas Dellenbusch

Das Testament

Die Deutsche Nationalbibliothek verzeichnet diese Publikation in der Deutschen Nationalbibliographie. Detaillierte bibliographische Daten sind im Internet über http://www.dnb.de abrufbar.

Thomas Dellenbusch

"Das Testament"
1. Auflage 2016
Copyright © 2014 Thomas Dellenbusch
Alle Rechte vorbehalten
Lektorat & Satz: KopfKino-Verlag
Covergestaltung: coverandbooks / Rica Aitzetmüller
Umschlagmotiv: © J.D.S., Shutterstock & FabioBalbi /Shutterstock

„Der Nobelpreis"
Copyright © 2014 Thomas Dellenbusch
Alle Rechte vorbehalten
Lektorat & Satz: KopfKino-Verlag
Covergestaltung: coverandbooks / Rica Aitzetmüller
Umschlagmotiv:
© alphaspirit, Shutterstock &
Natykach Nataliia, Shutterstock &
agsandrew, Shutterstock

KopfKino-Verlag
Thomas Dellenbusch
Gluckstr. 10
D-40724 Hilden

ISBN: 978-3-9816987-7-0

www.MeinKopfKino.de

Thomas Dellenbusch

Das Testament

MYSTERY

Über KopfKino:

KopfKino, das sind berührende, nachdenkliche oder auch spannende Geschichten in **Spielfilmlänge**. Ihre ungefähre Lesezeit liegt zwischen 60 und 180 Minuten.

Sie eignen sich daher wunderbar für all die vielen kleinen zeitlichen Zwischenräume, die das Leben hat: für die Reisezeit in Bahn, Bus, Auto oder Flugzeug, für die Stunden in Wartezimmern, für den Nachmittag im Freibad oder am Strand, vor dem Schlafengehen oder einfach so für zwischendurch, um circa zwei Stunden unterhaltsam zu füllen.

Da ihre Lesezeit ungefähr der Länge eines Spielfilms entspricht, eignen sie sich auch hervorragend, um sie sich gegenseitig vorzulesen und den Fernseher einmal ausgeschaltet zu lassen. Lassen Sie sich von Fernseher und Leinwand nicht das ganze Vergnügen abnehmen.

Genießen Sie Ihren eigenen Film auf der größten Kinoleinwand der Welt: Ihrer Fantasie!

Jede Erzählung ist als eBook und als Hörbuch erhältlich, viele auch als Taschenbuch.

Informieren Sie sich regelmäßig auf
MeinKopfKino.de
über Neuerscheinungen, die Autoren, Termine für Lesungen, Hintergründe, oder laden Sie sich einzelne Geschichten als eBook oder Hörbuch herunter.

1

»Das ist sie.«

Jens Karlson neigte seinen Kopf fast unmerklich und deutete so auf eine elegant gekleidete Frau Anfang sechzig, die soeben das Foyer des Hotels betreten hatte.

»Das können Sie doch überhaupt nicht wissen«, erwiderte Sven Anders Börgelund. »Sie haben sie doch noch nie in Ihrem Leben gesehen.«

Karlson ließ seinen Blick auf der Frau ruhen.

»Ich weiß es einfach.«

***

Vor lauter Nervosität war Martha Vadeva zunächst in sicherer Entfernung vom Hotel stehen geblieben. Es überkam sie erneute Unsicherheit, ob sie es wirklich betreten sollte. Vor zehn Minuten hatte sie den Taxifahrer angewiesen, sie in der Via Toscana aussteigen zu lassen. Dann war sie die 100 Meter bis zur Via Campania geschlendert und stand nun unschlüssig an der Ecke, an der sich die beiden Straßen kreuzten.

Sie schaute in westlicher Richtung auf das große weiße und ehrwürdige Gebäude am Ende der Via Campania, das Hotel Victoria. Das Haus war nicht die erste Adresse in Rom, aber für Marthas eigenes persönliches Dafürhalten dennoch zu exklusiv. Sie schätzte, dass das Victoria sicher so um die 200 Euro für eine Übernachtung verlangen wird. Hier gastierten nicht die Superreichen, aber das Victoria war sehr beliebt bei den durchaus wohlhabenden Touristen und Geschäftsreisenden, die Rom besuchten. Es lag direkt neben der alten Stadtmauer, und aus seinen Fenstern überblickten seine Gäste die schönen Gärten der Villa Borghese. Obwohl es mitten im Zentrum war, so lag es an der Via Campania trotzdem ruhig.

Martha fröstelte.

Es war immer noch kühl im März. Der Himmel war bedeckt. Am Morgen hatte es kurz geregnet. Es dürften so um die fünf, maximal sieben Grad Celsius sein. Ihre Kleidung hatte sie, dem Anlass entsprechend, geschäftlich gewählt. Ein dunkelgrauer Anzug, bestehend aus Hose und Blazer, darunter eine dunkelblaue Bluse. Gegen die Kühle der Jahreszeit trug sie darüber einen beigefarbenen, knielangen Mantel. Allerdings hatte sie ihr Haar zu einem Dutt gebunden, so dass der leichte Märzwind unablässig ihren Nacken ungeschützt streifte. Was waren das für Leute, die im Victoria auf sie warteten?

Deren ersten Brief hatte sie nach einem kurzen Überfliegen einfach weggeworfen. Sie hielt ihn für einen dieser Bauerntricks, bei denen Betrüger zunächst behaupten, man habe einen Preis gewonnen, für dessen Einlösung sie aber in einem zweiten Schritt eine Gebühr oder den Anruf bei einer teuren Hotline verlangten. Von den Absendern, geschweige denn dem Preis, hörte man dann nie wieder etwas. Die Adresse der Absender war, wenn überhaupt eine angegeben war, oft fingiert.

Es war ein Brief von einer schwedischen Anwaltskanzlei, in dem behauptet wurde, ihr, Martha Vadeva, Besitzerin einer kleinen Mode-Boutique, stünde ein größeres Erbe zu. Ferner wurde sie in dem Schreiben gebeten, die beiliegende Erklärung auszufüllen. Mit dieser Erklärung und ihren Ausweisdokumenten sollte sie daraufhin bei einer römischen Partner-Sozietät persönlich vorstellig werden und bestätigen, dass sie jene Martha Vadeva sei, die der Absender recherchiert zu haben glaubte.

Die Daten, die der Brief enthielt, beschrieben zweifelsfrei sie. Das Geburtsdatum stimmte exakt. 12. Juni 1948. Auch stimmte, dass sie in Ostia aufgewachsen war und seit 1985 mit Alberto Vadeva verheiratet, ja sogar, dass dieser 2002 verstorben sei. Nach der ersten Lektüre empörte Martha sich darüber, zu welchem Schindluder die Datenbanken des modernen Internets missbraucht werden können. Wo sollte das noch hinführen? Alles wurde immer gläserner. Selbst in Ballungszentren wie Rom war der einzelne Mensch inzwischen so transparent, wie er es früher nur in den kleinen Dörfern auf dem Land gewesen war.

Zwei Wochen danach, als sie diesen Brief längst wieder vergessen hatte, erhielt sie diesen eigenartigen Anruf. Eine männliche Stimme, die sich ihr als Sven Anders Börgelund vorstellte, sprach sie in gepflegtem Italienisch, wenn auch mit nordeuropäischem Akzent, an. Der Mann stellte sich als Absender jenes besagten Briefes vor und versicherte ihr, dass es sich um keinen Scherz, keinen Betrug, sondern um eine seriöse Angelegenheit handele. Es sei für sie selbst, aber auch für seinen Mandanten sehr wichtig, dass Martha sich bei Gelegenheit mit ihnen in Rom treffe, um die Angelegenheit zu besprechen. In dieser Stimme konnte Martha weder etwas Bedrohliches noch etwas Falsches entdecken. Im Gegenteil, die Stimme hatte etwas Vertrauenswürdiges an sich. Sie hatte sich daher auf ein längeres Gespräch am Telefon eingelassen. Aber jeder Versuch ihrerseits, Einzelheiten oder Zusammenhänge dieser sogenannten Erbschafts-Angelegenheit zu erfahren, wurden von dem Anrufer geschickt umgangen und auf das erwünschte Treffen vertagt.

Vier Tage nach diesem Telefonat erhielt sie per Einschreiben eine Zweitausfertigung des von ihr weggeworfenen Briefes, und weitere zwei Tage danach hatte sie sich dazu durchgerungen, mit jener gewünschten Erklärung sowie ihren Ausweisdokumenten in der angegebenen römischen Partner-Sozietät vorzusprechen und dort persönlich ihre Identität zu bestätigen.

Der italienische Notar bat sie in sein Büro, bedeutete ihr, vor seinem Schreibtisch Platz zu nehmen, begutachtete die Dokumente und wählte dann wortlos eine längere Telefonnummer. Er bestätigte seinem Gesprächspartner am anderen Ende der Leitung, dass er sich persönlich von der Identität seiner Besucherin sowie ihrer Geschäftstauglichkeit habe überzeugen können. Daraufhin sah er Martha über seinen großen Schreibtisch hinweg in die Augen und hielt ihr wortlos seinen Telefonhörer hin.

»Signora Vadeva?«, erklang die ihr aus dem früheren Telefonat vertraute Stimme mit nordeuropäischem Akzent aus der Muschel.

»Si …?«

»Hier ist Sven Anders Börgelund aus Stockholm. Ich freue mich, dass Sie sich ein Herz gefasst haben, und ich hoffe, Signore Castellani konnte Sie davon überzeugen, dass wir in ernster und seriöser Angelegenheit Ihren Kontakt suchen.«

Das war im Januar, vor zwei Monaten. Vermutlich hatte Signore Castellani, der Notar, seinen Anwaltskollegen aus Stockholm das Victoria empfohlen. Martha erinnerte sich nämlich, dass seine Kanzlei hier in der Nähe war, nur ein paar Straßen weiter, in der Via Lazio.

Inzwischen war ihr richtig kalt geworden und sie zitterte. Ihre Nervosität trug sicher einen nicht unwesentlichen Teil dazu bei. Und diese Nervosität wiederum wurde gespeist aus einem nicht unbeträchtlichen Anteil Neugierde. Alberto, ihr verstorbener Mann, stammte aus einfachen Verhältnissen, ebenso wie ihre eigene Familie. Sie hatte keine Ahnung, wer ihr etwas zu vererben gehabt hätte. Der klassische Auswanderer in die neue Welt vor 200 Jahren, der es zu etwas gebracht hatte und dessen Nachkomme sich nun in seinem Testament wehmütig der einst zurückgelassenen Familie erinnert? So etwas gab es nur in Filmen und Romanen. Außerdem wusste sie nichts über irgendeinen Vorfahren, der vor, während oder nach dem großen kalifornischen Goldrausch ausgewandert war. Ihre Familiengeschichte wies nichts dergleichen auf. Und selbst wenn, was hätte eine schwedische Kanzlei damit zu tun?

Martha Vadeva gab sich einen Ruck. Sie ging langsam

die Via Campania hinunter und näherte sich dem Victoria. Es wurde ihr auch einfach nur zu kalt. Sie wollte ins Warme. Im Hotel, so war es verabredet, würde Sven Anders Börgelund mit seinem Mandanten auf sie warten. Vor dem großen Eingangsportal hielt sie noch einmal kurz inne und betrat dann mit betont geradem Rückgrat das Foyer des Hotels.

2

Um diese Tageszeit, mittags, war nicht viel los. Eine junge Frau um die Dreißig, augenscheinlich eine Touristin, stand an der Rezeption und unterhielt sich mit dem Mann dahinter. Wie es für ein solches Hotel üblich war, trug dieser eine gediegene Uniform und schien die Hilfsbereitschaft in Person zu sein. Geradeaus führte der dunkelblaue Läufer, auf dem Martha stand, zwischen zwei mächtigen weißen Säulen eine kleine Treppe hinauf in den höher gelegenen Teil der Eingangshalle. Die ganze Atmosphäre war hell. Hohe Fenster fluteten das Foyer mit Tageslicht. Rechts neben den Säulen, noch hier auf der unteren Ebene, standen zwei sandfarbene, wuchtige Ledersessel. Sie flankierten einen vergleichsweise kleinen dunklen Tisch, auf dem zwei weiße Porzellantassen mit Kaffee standen. Und diese wiederum gehörten zweifelsfrei zu den beiden Herren, die in den Sesseln saßen. »Das müssen sie sein«, schoss es ihr durch den Kopf. Der jüngere der beiden, ein schlanker blonder Mann von etwa 28 oder 29 Jahren, rein äußerlich der typische Schwede, heftete unbewegt seinen Blick auf sie. Der ältere, ein Mann Mitte fünfzig mit grauen Schläfen, flüsterte dem jüngeren etwas zu. Der junge wiederum flüsterte nur kurz zurück, ohne allerdings seinen Blick von ihr abzuwenden.

In diesem Moment war Marthas Nervosität verschwunden. Die beiden Schweden machten auf den ersten Blick einen angenehmen Eindruck auf sie. Martha Vadeva machte einen Schritt auf die beiden Männer zu. Sofort erhob sich der Ältere und bewegte sich seinerseits auf sie zu. Der Jüngere tat es ihm gleich, aber deutlich langsamer. Nicht behäbiger, sondern eher bewusster.

Der Ältere bot ihr seine Hand und begrüßte sie in der ihr aus dem Telefongespräch vertrauten Stimme.

»Signora Vadeva? Ich bin Sven Anders Börgelund. Ich freue mich sehr, Sie kennenzulernen.« Börgelund drehte sich zu seinem jüngeren Begleiter um und fuhr fort.

»Signora Vadeva, darf ich Ihnen Signore Karlson vorstellen?«

Martha wandte sich zu dem jungen Schweden und reichte ihm mit einem betonten »Signore Karlson?« ihre Hand. Karlsons Händedruck war fest und männlich, aber ungewöhnlich kurz. Etwas unsicher vielleicht. Der junge Mann schien nervöser als sie selbst es bis vor einigen Minuten noch gewesen war. Karlson war etwas größer als sie und sah sie aus blauen und aufmerksamen Augen an. Sein Gesicht war nicht sonderlich markant, eher etwas rund wie bei einem gesunden und wohlgenährten Schuljungen. Das einzig Markante an ihm war eine kleine längliche Narbe über seiner Halsader, die vermutlich von einer kürzlich erlittenen Verletzung oder einer kleinen Operation herrührte.

»Buon gio ...giorno, Signora.« Sein Stottern verriet seine Unsicherheit endgültig. Martha amüsierte das.

»Entschuldigen Sie Signore Karlson bitte«, ergriff Börgelund das Wort. »Er spricht leider kein einziges Wort Italienisch und das »Buon giorno« habe ich ihm erst mühsam eintrichtern müssen. Obwohl er es war, der mir den Auftrag erteilte, Sie zu finden, wird er unserer Unterhaltung nicht folgen können. Ich fungiere also nicht nur als Anwalt, sondern auch als Dolmetscher, müssen Sie wissen.«

Martha nickte dem jungen Mann lächelnd zu, der seinerseits versuchte, eben dieses nickende Lächeln schüchtern zu erwidern.

»Ich habe mir erlaubt, uns im Restaurant einen Tisch zu reservieren, damit wir uns zunächst bei einer mittäglichen Kleinigkeit etwas kennenlernen können«, führte Börgelund weiter aus.

»Wenn Sie erlauben ...?«

Mit diesen Worten wies er die kleine Treppe hinauf.

»Gehen Sie doch bitte vor, Signore Börgelund«, erwiderte Martha Vadeva.

Das Hotelrestaurant zeigte eine ebenso gehobene Eleganz wie die anderen Partien des Hauses, an denen sie vorbei gekommen waren. Neben den Leuchtern an den Wänden, die ihrerseits im Stile des 19. Jahrhunderts tapeziert waren, befanden sich noch weitere dezente Leuchtquellen in den Vertiefungen der mit modernen und geradlinigen Stuckleisten verzierten Decken. Sie tauchten den Raum in ein sehr angenehmes gelbes Licht. Kleine quadratische Tische mit ockerfarbenen Tischdecken waren klassisch eingedeckt. Weißes Porzellan, Gläser für Wein und Wasser, verziertes Besteck, in Rosenform gefaltete Servietten. Außerdem durften auch eine kleine Blumenvase und sogar eine kleine Tischlampe mit Schirm nicht fehlen. Dazu bildeten in Bordeaux bezogene Stühle mit einer elegant geschwungenen Rahmenführung aus Edelholz den passenden farblichen Kontrast.

Der Kellner führte seine Gäste so höflich wie wortlos an einen für drei Personen eingedeckten Tisch in einer etwas stilleren Ecke des Restaurantsaales. Die beiden Herren ließen die Dame selbstverständlich zuerst Platz nehmen, bevor auch sie sich hinsetzten. Dabei rückte der Kellner Marthas Stuhl so zurecht, dass sie sich bequem, ohne eigene Mühe, setzen konnte. Erneut führte der ältere Anwalt durch das anstehende Geschehen.

»Ich darf annehmen, dass Sie Carpaccio mögen?«

Martha nickte freundlich.

»Bevorzugen Sie Wein oder Wasser dazu?«

»Nur Wasser bitte.«

Der Schwede gab dem Kellner nur ein Nicken mit auf den Weg. Offenbar hatte er es so vorausgesehen.

Nun begann Börgelund damit, sich und seinen Begleiter ausführlicher vorzustellen. Sven Anders Börgelund selbst war als Rechtsanwalt Seniorpartner einer größeren Stockholmer Kanzlei. Er hatte den klassischen Weg des oberen Mittelstandes hinter sich. Jurastudium in Stockholm und Cambridge, Auslandsaufenthalte in Frankreich, Italien und Russland, 55 Jahre alt, verheiratet, zwei Kinder.

Jens Karlson dagegen war 34 Jahre alt. Martha hatte ihn anfangs ein paar Jahre jünger eingeschätzt. Sie fand aber, das sei auch schwierig bei einem gut aussehenden blonden Skandinavier. Nordeuropäer waren für sie schwer zu schätzen. Karlson betrieb in einer kleinen Stadt namens Knivsta, zwischen Stockholm und Uppsala gelegen, eine Fabrik für Holzpellets, die er von seinem

Vater geerbt hatte. Dieser war vor sieben Jahren bei einem Autounfall ums Leben gekommen. Karlsons Mutter dagegen starb schon wenige Tage nach seiner Geburt.

Über den dolmetschenden Anwalt ließ Martha dem jungen Unternehmer kurz und höflich ihr Beileid aussprechen, als Börgelund das Schicksal der Eltern beschrieb. Karlson nickte höflich und lächelte sie kurz an. Dann überließ er seinem Anwalt weiter das Wort.

Karlson hatte es wegen des wachsenden Marktes für natürliche Energiequellen zu dem gebracht, was man einen gehobenen Wohlstand nannte. Martha würde es Reichtum nennen. Sie fragte sich kurz, ob der Tod von Karlsons Eltern irgendetwas mit ihr zu tun haben könnte, aber sie konnte sich keinen Reim darauf machen oder irgendeine Verbindung zu ihrer eigenen Familie herstellen. Außerdem schienen seine Eltern in ihm ja wohl offensichtlich einen Erben gefunden zu haben, der das Erbe ja auch angetreten zu haben schien.

Sie entschloss sich, den Ausführungen Börgelunds weiter zu folgen und ihre Neugierde und ihre Fragen hintenan zu stellen. Allerdings fiel ihr auf, dass der Junge aus Knivsta sie immer wieder musterte, ihrem direkten Blick dagegen auswich. So konnte sie immerhin mit einem eigenen ungestörten Blick erkennen, dass ihr erster Eindruck im Foyer sie getäuscht hatte. Jetzt, da sie ihm so nah gegenübersaß und ihn selbst einmal kurz musterte, bemerkte sie, dass die Narbe am Hals keine Narbe, sondern eine Art Muttermal war. Eine kurze, längliche, aber natürliche Pigmentstörung dort über der dicken Halsader, die selbst wiederum deutlich sichtbar das unaufhörliche Pochen seines Herzens verriet. Je intensiver sie wahrnahm, dass der junge Mann offenbar innerlich nicht so ruhig war, wie er zu erscheinen vorgab, desto ruhiger wurde sie selbst. Innerlich musste sie sogar ein wenig grinsen.

Börgelund beendete die Vorstellung mit den Tatsachen, dass Karlson bereits seit 10 Jahren verheiratet, aber noch kinderlos sei, dass er in Stockholm Betriebswirtschaft studiert habe und derzeit plane, mit seinem Betrieb nach Finnland und in die baltischen Staaten zu expandieren.

Danach ergriff die Italienerin das Wort:

»Ich finde es sehr freundlich und aufmerksam von Ihnen, mich so ausführlich ins Bild darüber zu setzen, wer sich die Kosten und Mühen macht, extra aus Stockholm nach Rom zu fliegen, um mit mir zu Mittag zu essen. Aber sicher können Sie sich auch vorstellen, dass das Ganze dennoch etwas befremdlich auf mich wirken muss, insbesondere, da ich mir absolut keinen Reim auf den Anlass zu machen in der Lage bin, wegen dem Sie mich baten, mit Ihnen zu speisen.«

Der 55jährige Anwalt sah Martha an.

Sein Mandant jedoch schaute seinen Anwalt an und wartete auf die Übersetzung. Jens Karlson schien neugieriger auf jedes Wort von ihr zu sein, als sie selbst es in Bezug auf den ganzen Anlass war. Jetzt aber, da dieser sein Gesicht zu dem an seiner Rechten sitzenden Börgelund gedreht hatte, fiel Marthas Blick erneut auf diese Pigmentstörung an Karlsons linker Halsseite. Und obwohl es nichts weiter war als eine kleine natürliche Hautverfärbung, erschrak sie jetzt bei ihrem Anblick.

Zunächst konnte sie sich nicht erklären, was sie daran störte oder gar erschrecken ließ.

Aber dann waren sie plötzlich wieder da, die Bilder vom 28. März 1975. Jene Bilder, die sie schon verbannt zu haben glaubte. Seit vielen Jahren schon. Die Bilder jenes Tages, an dem sie nachmittags nach Hause kam und schon beim Betreten des Hauses durch die Diele hindurch die zerborstene Terrassentür und die herausgerissenen Schubladen wahrnahm. Der Tag, an dem sie Giovanni tot im Schlafzimmer vorfand. Auf dem Boden liegend, der Teppich mit seinem Blut durchtränkt, weit aufgerissene Augen und ein großer, sauberer Schnitt durch den Hals, das letzte Blut noch zähflüssig sickernd aus einer klaffenden Schnittwunde, an eben jener Stelle, an der Karlson dieses Muttermal aufwies.

Martha wandte sich ab.

Sie bekam noch ein paar Brocken Schwedisch mit, bevor sie von Börgelund erneut in Italienisch angeredet wurde.

»Signora? Ist Ihnen nicht gut?«

»Doch, doch. Mir ist nur gerade ..., ich habe ..., bitte lassen Sie sich ..., entschuldigen Sie mich bitte einen Moment.«

Martha stand auf, steuerte auf die Türen mit den eindeutigen Piktogrammen zu und verschwand in den Räumen der Damentoilette. Sie atmete ein paar Mal tief durch.

Giovanni!

Ihre erste, ihre einzige große Liebe. Ermordet von Einbrechern, die er überrascht haben musste. Der oder die

Täter wurden jedoch nie gefasst. Der Fall blieb letztendlich unaufgeklärt. Die Bilder von der klaffenden, blutenden Wunde am Hals, die weit im Schrecken aufgerissenen Augen, hatten sie lange Zeit verfolgt, nicht nur in ihren Träumen, sie tauchten auch im Alltag immer wieder auf. Es hatte lange gedauert, bis sie Martha in Frieden ließen. Seit etwa zehn Jahren waren sie nahezu völlig verschwunden. Dadurch, dass dieses Muttermal am Hals von Jens Karlson sie erneut heraufbeschworen hatte, wurde sie unerwartet auf dem falschen Fuß erwischt, und sie musste sie zum ersten Mal seit vielen Jahren erneut herunterschlucken. Nachdem Martha sich wieder gefasst hatte, kehrte sie zu ihren Besuchern zurück.

»Entschuldigen Sie bitte, meine Herren. Ich nehme seit einiger Zeit ein Medikament, das meinen Blutdruck reguliert«, log sie, »ich musste mal eben, verstehen Sie ...?«

Martha hatte am Tisch wieder Platz genommen.

»Ich schlage vor, wir setzen da an, wo wir eben aufgehört hatten?«, leitete sie mit einem fragenden Unterton über.

»Sie brachten den Anlass unserer Zusammenkunft ins Gespräch«, erinnerte Börgelund sie.

»Richtig! Sehen Sie, vielleicht sind solche Situationen für Sie ja Alltag. Aber für mich sind sie das nicht. Sie konfrontieren mich mit einer Behauptung, die ich nicht nachvollziehen kann. Und ich wäre Ihnen sehr dankbar, wenn Sie für mich etwas Licht in das rätselhafte Dunkel bringen könnten.«

Martha bemühte sich um einen ernsten und bestimmten

Gesichtsausdruck. Trotz ihrer 62 Jahre war sie immer noch eine schöne Frau. Es war nicht schwer, sich vorzustellen, wie sie als junge Frau die Blicke der Männer auf sich gezogen hat.

»Natürlich, Signora Vadeva. Sie haben völlig Recht. Ich schlage vor, ich erkläre Ihnen nun, aus welchem Grund wir Sie aufgesucht haben und was genau der Zweck unseres heutigen Treffens ist. Die konkreten Einzelheiten jedoch sollten wir nicht hier in der Öffentlichkeit besprechen. Zu diesem Zweck ziehen wir uns in die Kanzlei von Signore Castellani in der Via Lazio zurück. Sie befindet sich gleich um die Ecke, nur wenige Hundert Meter von hier. Einverstanden, Signora Vadeva?«

»Einverstanden, Signore Börgelund.«

Der Anwalt wechselte einen kurzen Blick mit seinem jungen Mandanten. Dann sah er Martha in die Augen.

»Signora Vadeva, wir sind davon überzeugt, dass Ihnen ein größeres Erbe zusteht, wie ich es Ihnen gegenüber in unserer bisherigen Korrespondenz und in den Vorgesprächen bereits angedeutet habe. Bevor wir jedoch nachher in der Via Lazio auf die Details eingehen, halte ich es für erforderlich, Sie auf bestimmte Umstände aufmerksam zu machen, die mit unserem Gespräch verbunden sind.«

Martha legte den Kopf etwas zur Seite und kniff die Augen zu einem prüfenden, ja misstrauischen Blick zusammen. »Ich soll vorher eine bestimmte Zahlung leisten?«, unterbrach sie Börgelund. Dieser aber lachte nur und machte eine abwehrende Handbewegung.

»Oh nein, oh nein, Gott bewahre! Nein, Signora, bitte

missverstehen Sie mich nicht. Das Gegenteil ist der Fall. Lassen Sie mich bitte erklären.«

Der Anwalt stellte sein Wasserglas etwas zur Seite, um mit seinen Händen frei gestikulieren zu können, während er sprach:

»Aufgrund bestimmter Umstände, auf die ich noch zu sprechen kommen werde, fühlt sich Signore Karlson hier verpflichtet, dafür zu sorgen, dass Sie erhalten, was Ihnen seiner Meinung nach zusteht. Wenn Sie so wollen, wünscht Signore Karlson eine Garantie einzulösen, die er jemandem vor langer Zeit gegeben hat.«

Martha sah den jungen Mann erstaunt mit hochgezogenen Augenbrauen an. Was hatte dieser blonde Junge aus dem fernen Schweden mit ihr zu tun? Sie sah ihm in die Augen, und diesmal hielt der Mann aus Knivsta ihrem Blick stand. Er erwiderte ihn mit einer eigentümlichen Wärme, die sie zwar registrierte, aber nicht einordnen konnte. Es war mehr als nur die Wärme eines anständigen Menschen. Sein sanftes Lächeln sprach sie an auf eine ganz eigenartige Weise. Es schien ihr, als zöge sein Blick sie hinüber auf seine Seite des Tisches. Eine fast surreale Sekunde entstand in der bewegungslosen Luft zwischen ihnen, so als liefe ein Film ab, bei dem der Vorführer versehentlich und auch nur für einen Sekundenbruchteil an den Pausenknopf des Vorführgerätes gekommen wäre. Der Anwalt sprach weiter:

»Viele Jahre lang hat Signore Karlson den Fall selbständig recherchiert, bis er sich voriges Jahr an mich wandte. Ich half ihm, Sie ausfindig zu machen. In der gesamten Zeit hat Signore Karlson keine Kosten gescheut, um die Aufklärung der Zusammenhänge voranzutreiben. Er bezahlt aus seinem Vermögen alle Aufwendungen bis zum heutigen Tag. Es besteht, das will ich vorwegnehmen, eine gewisse Wahrscheinlichkeit, dass Sie die Existenz des Erbes nicht akzeptieren oder sich alternativ entscheiden, das Erbe nicht einzufordern. Das ist in Ihr eigenes Ermessen gestellt. Wir sind hier, um sie über das Erbe und seine Zusammenhänge aufzuklären. Wenn Sie, was durchaus möglich ist, unsere Ausführungen nicht teilen oder im schlimmsten Fall den Kontakt zu uns abzubrechen wünschen, so wird Signore Karlson das akzeptieren. In diesem Fall nehmen wir übermorgen um kurz nach 18.00 Uhr unsere Maschine nach Frankfurt und fliegen von dort aus weiter nach Stockholm, und Sie hören nie wieder etwas von uns. Für den Fall jedoch, dass Sie sich entscheiden, uns zu glauben und sich für das Erbe entschließen, werden wir Ihnen in Kooperation mit Signore Castellani mit allen uns zur Verfügung stehenden Mitteln helfen, Ihre Ansprüche durchzusetzen. Und ich bin ausdrücklich ermächtigt, Ihnen zu versichern: 'Koste es, was es wolle', denn eines will ich Ihnen nicht verheimlichen. Es gibt keine Garantie, das Erbe auch tatsächlich zugesprochen zu bekommen und der Versuch, das zu erreichen, wird ein längeres juristisches Verfahren nach sich ziehen mit den damit verbundenen Kosten. Und selbst für diese Kosten wird, völlig unabhängig von den Erfolgsaussichten oder dem Ergebnis, ganz alleine Signore Karlson aufkommen.«

Es entstand ein unangenehmer Moment der Stille.

»Ich glaube, ich kann Ihnen gerade nicht gut folgen, Signore Börgelund. Ich höre Ihre Erklärungen wohl. Dennoch könnten Sie genauso gut in Schwedisch mit mir reden, und ich würde ebenso viel von dem verstehen, was sie sagen, wie ich es jetzt tue.«

»Signora Vadeva, wir können derzeit nicht beweisen, dass Ihnen dieses Erbe zusteht. Um vor einem Gericht Ihre Ansprüche geltend machen zu können, fehlt uns ein entscheidendes Dokument. Aber wir sind davon überzeugt, dass es existiert, und wir benötigen Ihre Hilfe, um an dieses für Sie so entscheidende Beweisstück zu kommen. Und selbst, wenn wir es in Händen halten, ist der Erfolg bei diesem Versuch, Ihre Ansprüche durchzusetzen, immer noch nicht garantiert. Aber was wir Ihnen garantieren können, ist, dass Signore Karlson für alle Kosten aufkommen wird, die mit diesem Versuch verbunden sind.«

»Meine Herren, mir scheint, Sie zäumen das Pferd von hinten auf. Vielleicht sagen Sie mir erst einmal, worum es hier überhaupt geht?«

Martha klang nun etwas ungehalten.

Sie ließ ihren Blick kurz im Raum umherschweifen. Sie waren allein. Dann fuhr sie sich mit den Kuppen ihrer Zeigefinger über die Augenbrauen und redete weiter.

»Signore Börgelund, Sie haben nicht jahrelang recherchiert und all die bisherigen Anstrengungen auf sich genommen, wenn es darum ginge, mir vielleicht ein paar Tausender zukommen zu lassen. Also bitte erklären Sie sich deutlicher. Über was reden wir hier?«

Börgelund sah seinen Mandanten fragend an. Dieser

wiederum erwiderte mit einem Blick, aus dem wortlos seine Ungeduld sprach, denn er wartete auf die Übersetzung dessen, was Martha soeben gesagt hatte.

Der Schwede zögerte kurz, dann übersetzte er Karlson die Frage. Daraufhin wendete dieser sich der Italienerin zu und antwortete, ohne den Blick von ihr zu wenden, in seiner schwedischen Muttersprache. Börgelund übersetzte simultan:

»Vorwiegend Besitztümer, aber auch Barmittel und Entschädigungen. Der Gesamtwert ist derzeit schwer einzugrenzen, dürfte aber etwa zwischen 250 und 400 Millionen Euro liegen.«

Martha Vadeva sank gegen die Rückenlehne ihres Stuhles. Ihr Brustkorb hob und senkte sich unter schweren Atemzügen. Sie sah mit starren und ausdruckslosen Augen zuerst Börgelund und dann Karlson an. Die beiden Männer sagten nichts. Sie erwiderten ihren Blick einfach nur ruhig, so als wollten sie ihr bestätigen, dass ihre Worte seriöser Natur gewesen waren. Und sie wussten, dass sie der Frau nun einige Momente des Begreifens zugestehen mussten, und taten das auch.

Martha kramte mit zittriger Hand in ihrer an der Stuhllehne hängenden Handtasche und fischte eine Packung Mentholzigaretten heraus. Sie entnahm der halbleeren Packung eine Zigarette und ein kleines Feuerzeug. Ihr Versuch jedoch, aus dem Feuerzeug eine Flamme zu ratschen, misslang, weil ihre Finger zu feucht waren. Karlson nahm es ihr ab und entzündete es. Dann hielt er ihr die Flamme hin und begleitete diesen Akt mit ein paar schwedischen Worten, die Börgelund ebenso emotionslos übersetzte, wie Karlson sie gemeint hatte:

»Er fürchtet, dass das Rauchen in diesem Speisesaal nicht erwünscht ist.«

Mit der Zigarette im Mund beugte sich Martha mit gesenktem Kopf über die hingehaltene Flamme und nahm ein paar Züge. Dann lehnte sie sich wieder zurück.

»250 Millionen ...«, murmelte sie kaum hörbar zu sich selbst. Sie suchte nach einem Gefühl, diese Zahl einordnen zu können. Die Summe war so unvorstellbar hoch, dass sie sich ins Abstrakte verlor. Hätten die Männer ihr stattdessen eröffnet, es handele sich um 250.000 Euro oder auch eine Million, ja dann hätte sie den Wert greifen können. Wieviel eine Million wert ist, das kann auch eine mittelständische Frau, die derzeit ein paar Tausend auf ihrem Konto hat, fühlen. Das ist ein Wert, den man greifen kann. 250 Millionen dagegen waren einfach nur unbegreifbar abstrakt. Martha verlagerte ihre Gedanken auf einen anderen Aspekt, der ihr gerade bewusst wurde.

»Ich vermute«, ergriff sie vorsichtig das Wort, »dass Ihre bisherige und zukünftige Großzügigkeit in dieser Angelegenheit eine wohl kalkulierte Investition ist?«

Sie blies den Rauch mit zurückliegendem Kopf demonstrativ selbstbewusst in Richtung Zimmerdecke.

»Sie meinen,« hakte Börgelund nach, »Signore Karlson spekuliert auf eine Beteiligung im Erfolgsfalle?«

»Si.«

»Nein, Signora, der Gedanke ist sicherlich naheliegend, aber dem ist nicht so. Weder Signore Karlson noch meine Kanzlei beanspruchen auch nur einen Cent im Erfolgsfalle. Für Signore Karlson geht es ausschließlich um, sagen wir, Gerechtigkeit. Wie ich bereits erwähnte, fühlt er sich zutiefst verpflichtet, ein vor langer Zeit gegebenes Versprechen einzulösen, indem er Ihnen zu Ihrem seiner Meinung nach rechtmäßigen Erbe verhilft. Das ist alles. Nichts weiter!«

»Warum??«

Martha hatte genug von dieser scheinbaren Selbstlosigkeit. Ihr Ton wurde deutlich lauter.

Der Anwalt aus Stockholm drehte sich zu seinem Mandanten und fragte ihn etwas in Schwedisch. Dieser antwortete mit einem wortlosen kurzen Nicken.

»Signore Karlson ist am 24. Dezember 1975 geboren. Betrachten Sie sein Bemühen als das Geschenk eines schwedischen Christkindes.«

Die 62jährige Frau sprang mit einem Satz auf, wobei ihr Stuhl nach hinten überkippte. Intuitiv standen auch die beiden Männer auf. Marthas Stimme zitterte:

»Bisher hatte ich von unserem Gespräch durchaus einen seriösen Eindruck, meine Herren. Aber an dieser Stelle muss ich Ihnen mit aller Deutlichkeit sagen, dass ich mich verar ..., dass ich mich auf den Arm genommen fühle. Ich habe keine Ahnung, wer Sie angestiftet hat, dieses Spiel mit mir und meinen Nerven zu spielen und wer gleich hinter irgendeiner Verkleidung hervorspringt und sich über die Naivität der blöden Vadeva auf die Schenkel klopft, aber ich kann Ihnen versichern ...«

Börgelund hob beschwichtigend die Hände und unterbrach die aufgebrachte Frau mitten im Satz.

»Signora, bitte! Ich wollte nur einen kleinen Scherz machen, um die Anspannung zu lösen, die diese ungeheure Summe zweifelsfrei erzeugt haben muss. Es sollte nur beruhigend wirken. Tatsächlich jedoch habe ich Sie beleidigt. Es tut mir aufrichtig leid. Bitte, Signora Vadeva. Ich gebe Ihnen mein Wort. Es gibt kein Komplott hinter uns, und es gibt auch keinen Aprilscherz. Alles, was ich Ihnen sagte, ist wahr. Bitte vertrauen Sie mir beziehungsweise uns.«

Martha sah ihn böse an. Ein langes Stück Asche fiel von ihrer Zigarettenspitze unbeachtet auf den Teppichboden.

»Ich schlage vor«, fuhr der Mann fort, »dass wir uns nun zu Signore Castellani begeben, damit ich Ihnen dort in einem geschützten Rahmen jene Hintergründe erläutern kann, ohne deren Kenntnis sich all das für Sie wirklich wie ein übler Scherz anhören muss.«

Martha versenkte die noch brennende Zigarette in ihrem Wasserglas.

»Gut«, presste sie hervor.

3

Natürlich sah das Büro von Signore Castellani noch genau so aus, wie es das vor zwei Monaten tat. Nichts hatte sich verändert. Wer es durch die hohe doppelflügelige Tür betrat, fühlte sich sogleich um mindestens einhundert Jahre zurück versetzt. Ein geräumiger, wenn auch länglicher, Raum mit einem wuchtigen dunklen Schreibtisch an der einen und einem runden Besprechungstisch, umrahmt von hohen Bücherregalen auf der anderen Seite. Die gesamte Einrichtung war derart antik, dass Martha sich fragte, ob sich in den Räumlichkeiten des italienischen Notars jemals irgendetwas verändert hat.

Börgelund und Castellani hatten sich in einer Weise begrüßt, die auf eine jahrelange Bekanntschaft hindeutete. Dabei war sich Martha nicht sicher, ob sie Castellani nun als Referenz oder als Komplizen begreifen sollte. Auf jeden Fall musste Castellani von der Bedeutung der Zusammenkunft wissen, denn er überließ seinen Gästen bereitwillig sein eigenes Büro, in dem ein Möbelstück kostbarer war als das andere.

Sie nahmen an dem kleinen runden Besprechungstisch mit gebogenen und verzierten Beinen Platz, auf dem eine Mitarbeiterin der Kanzlei Getränke, Tassen und Gläser bereitgestellt hatte. Durch das doppelverglaste Fenster hinter dem Schreibtisch drang der nachmittägliche Lärm der Via Lazio nur äußerst gedämpft zu ihnen herein.

Martha irritierte, dass die beiden Männer aus Schweden keine Aktentaschen hatten und demzufolge auch keinerlei

Unterlagen auf den Tisch legten. Sie verschränkte ihre Arme vor der Brust, schwieg und überließ es den Männern, mit ihrem Vortrag zu beginnen.

»Alberto war nicht Ihr erster Mann«, beendete Börgelund unvermittelt die Stille.

Marthas Arme lösten sich aus der Verschränkung und rutschten über ihre Brust auf ihre Oberschenkel.

»Wie meinen Sie das? Natürlich war er das. Ich habe Alberto 1985 geheiratet, und es war meine erste und einzige Ehe.«

Börgelund übersetzte ihre Antwort für Jens Karlson ins Schwedische, bevor er sie wieder ansprach.

»Ja, das stimmt. Da waren sie 37 Jahre alt.«

Martha überlegte nur kurz und nickte dann.

»Si.«

»Aber Sie waren nicht bis zu Ihrem 37. Lebensjahr alleinstehend. Sie wollten früher schon einmal heiraten. Genau genommen standen Sie sogar sehr kurz vor der Eheschließung. Es waren nur drei Wochen bis zum Hochzeitstermin. Sie waren seit über einem halben Jahr verlobt. Das war 1974. Elf Jahre zuvor. Da waren Sie 26 Jahre alt.«

Martha sah Börgelund mit großen Augen an. Dann lenkte sie ihren Blick langsam auf Jens Karlson.

»Giovanni ...«, hörte sie ihn sagen.

Als der junge Schwede den Namen ihres damaligen Verlobten ausgesprochen hatte, sah er die Frau erwartungsvoll und neugierig an. Martha presste ihren Atem durch die Nase.

»Woher wissen Sie das?«, befragte sie Karlson auf

Italienisch. Börgelund antwortete: »Dem heutigen Treffen gingen jahrelange Recherchen voraus, Signora.«

Jetzt schaltete sich Jens Karlson ein und sprach seinen Anwalt auf Schwedisch an. Bevor dieser für Martha übersetzen konnte, drehte der junge Mann seinen Stuhl so, dass er Martha nun genau gegenübersaß und ihr direkt in die Augen schauen konnte.

Börgelund räusperte sich.

»Signore Karlson möchte Sie gerne bitten, ihm von Ihrer Beziehung zu Giovanni zu erzählen. Ich werde Ihre Geschichte leise und parallel zu Ihrer Erzählung übersetzen. Sprechen Sie einfach normal, und lassen Sie sich durch mich nicht ablenken.«

Die Bitte irritierte Martha, hatte sie doch erwartet, stattdessen ihrerseits aufgeklärt zu werden. Nun sollte sie erzählen. Und auch noch ausgerechnet über die zentrale Erfahrung ihres ganzen Lebens, zentral in jeder Hinsicht. Sie sah Karlson an, der wiederum seinen Blick unbewegt in dem ihren ruhen ließ.

»Es war, wenn Sie so wollen, Liebe auf den ersten Blick.« Mit einem kurzen zeitlichen Abstand begann der Anwalt, ihre Worte für seinen Mandanten ins Schwedische zu übersetzen.

»Ich arbeitete im Frühjahr 1974 als Servicekraft in einem gehobenen, recht teuren Café in der Nähe der Piazza Venecia, als Giovanni dort eines Tages einkehrte und ich ihn bediente. Als ich ihm die Rechnung präsentierte, sahen wir uns plötzlich ungewöhnlich lange in die Augen. In seinem Blick war nichts Überhebliches, wie in denen vieler anderer, vor allem männlicher Gäste. Es war mehr ein Erstaunen darin zu lesen. Ein Erstaunen, wie auch ich es selbst empfand. Seine Augen strahlten eine ungeheure Geborgenheit aus, eine Vertrautheit, wie sie mir noch nie begegnet war bis zu diesem Tag. In der Verbundenheit unseres ersten Blickes lag eine ...«,

Martha suchte das richtige Wort,

»... eine ... ja, eine Zugehörigkeit. Und dieses Gefühl, das so intensiv wie eine vertraute Gewissheit war, passte überhaupt nicht zu unserer tatsächlichen Fremdheit und schon gar nicht zum deutlichen Standesunterschied. Und das machte wohl auch unser, ja ich will fast sagen, wehrloses Erstaunen aus.«

Jens Karlson hatte sich inzwischen in seinem Stuhl zurückgelehnt. Er schenkte der Italienerin und ihrer Stimme seine ungeteilte Aufmerksamkeit, während Börgelund für ihn übersetzte, was diese Stimme erzählte.

»Von da an besuchte Giovanni unser Café öfter, und eines Tages lud er mich ein, ihn am nächsten Abend zu einer Theatervorstellung zu begleiten. Zu diesem Zeitpunkt waren wir, obwohl wir bis dahin noch kein privates Wort miteinander gesprochen hatten, schon vollends ineinander verliebt. Wir beide, wie er mir später bestätigte, waren uns da schon sicher, dass die Weichen für ein gemeinsames Leben gestellt waren. Giovanni war meine erste große und ...«, sie zögerte, »und die einzige große Liebe meines Lebens. Aber unsere Beziehung gestaltete sich schwierig. Ich stammte aus einfachen Verhältnissen, war eine einfache Kellnerin. Er war der älteste Sohn einer der reichsten Familien Italiens. Eine erfolgreiche Unternehmerdynastie. Giovanni und sein

Bruder Luigi hatten bereits selbst Vermögen und verfolgten eigene unternehmerische Ziele. Ebenso erfolgreich, wie es ihre Eltern taten.«

»Gambesi ...«, murmelte Karlson den Namen dieser Familie dazwischen, nachdem Börgelund mit seiner Übersetzung fertig war.

Martha sah ihm in die Augen.

»Si, Gambesi.«

Dann nahm sie sich ein Glas, füllte es mit Wasser und erzählte weiter.

»Ich spürte die Ablehnung der Familie vom ersten Treffen an. Aber Giovanni stand unerschütterlich zu mir und zu unserer Zukunft. Im Sommer 1974 nahm er mich mit nach Monticello am Nordufer des Lago di Bracciano, etwa eine halbe Autostunde nördlich von Rom. Dort zeigte er mir eine kleine Villa in einer malerischen Bucht. Ein wunderschönes Anwesen, in das ich mich sofort verliebte. Mit einer herrlichen Außenterrasse und einem märchenhaft romantischen Kamin im Salon, dessen Glasfront einen weiten Panoramablick über die Bucht erlaubte.«

»Castello Martha Angela«, unterbrach Börgelund sie.

Martha reagierte ungehalten.

»Wieso erzähle ich Ihnen das alles, wenn Sie das auch schon selber wissen?«

Jens Karlson zischte etwas Böses auf Schwedisch, und Martha drehte sich ruckartig zu ihm herum.

»Signore Karlson hat mit mir geschimpft, Signora«, erklärte der Anwalt. »Ich solle Sie nicht unterbrechen. Entschuldigen Sie bitte und fahren Sie fort.«

»Ja, Castello Martha Angela«, wiederholte sie.

»Giovanni hat dieses Anwesen später nach mir benannt. Ich habe eigentlich keinen zweiten Vornamen, aber er nannte mich in all der Zeit, in der wir uns kannten, seinen 'Engel', und so wurde das Anwesen später offiziell im Grundbuch als Castello Martha Angela eingetragen. Als Giovanni sich an diesem Tag sicher war, dass es mir so gut gefiel, nahm er mich bei der Hand, und wir fuhren einige Kilometer weiter nach Monterosi, wo in einer Notarkanzlei jenes Ehepaar auf uns wartete, dem das Anwesen gehörte. Dort unterschrieb er in meiner Gegenwart den Kaufvertrag sowie eine Schenkungsurkunde auf meinen Namen. Dann erklärte er mir vor diesen fremden Leuten, dass dieses Haus von nun an unser gemeinsames Zuhause sein solle. Neben all den anderen Anwesen und Stadtwohnungen, die er besaß, sollte diese Villa in Monticello unser ganz eigener Rückzugsort, unsere Schutzburg, unser Nest sein. Und außerdem ...«, Martha musste schlucken, »... hat er dort vor diesen Zeugen um meine Hand angehalten.« Sie sah zu den beiden Männern auf und ergänzte:

»Und ich habe 'Ja' gesagt."

Sie nahm einen Schluck Wasser. Niemand sagte etwas. Martha sah aus dem Fenster. In dieser Nacht hatten sie sich das erste Mal geliebt. Vor dem Kamin im Salon. Und obwohl es Sommer war, hatte Giovanni den Kamin für diese Nacht entfacht. Es war heiß im Salon, aber das Knistern des Kamins mischte sich mit jenem ihrer Leidenschaft. Diese Nacht würde sie nie vergessen können. Martha seufzte fast unhörbar. Dann sah sie ihre

Zuhörer wieder an.

»Zurück in Rom lud er seine Familie und Freunde ins Eden le Meridien zu einer Überraschungsfeier ein und verkündete vor den versammelten Anwesenden unsere offizielle Verlobung. Damit war das nicht mehr rückgängig zu machen, und von nun an gaben sich auch seine Angehörigen mir gegenüber sehr, manchmal sogar übertrieben freundlich und machten liebevolle Miene zum ungeliebten Spiel.« Martha trank einen weiteren Schluck Wasser. »Ja. So war das mit Giovanni.«

»Aber«, knüpfte Börgelund an, »Sie verbinden nicht nur schöne Erinnerungen an Castello Martha Angela. Sie verbinden auch schlimme Erinnerungen mit diesem Haus.«

Martha sah stumm aus dem Fenster, während Börgelund seinem Begleiter übersetzte, was er soeben eingeworfen hatte.

»Si.« Marthas Stimme wurde gefühllos.

»Sie haben Recht, Signore Börgelund. Und wie mir scheint, bin ich wohl hier, um Ihnen all das persönlich zu bestätigen, was sie selbst bereits zu wissen glauben. Ja, Giovanni wurde ein halbes Jahr später, am 28. März 1975, in diesem Haus ermordet. Vermutlich von Einbrechern, die er wohl überrascht haben musste. Ich war zu diesem Zeitpunkt in Monterosi im Gottesdienst. Es war ein Karfreitag. Als ich in das Haus zurückkehrte, lag er tot im Schlafzimmer mit aufgeschlitzter Kehle.«

Ihre Stimme erstickte fast bei den letzten Worten. Keiner sagte etwas. Börgelund sah Martha Vadeva von der Seite an, Karlson sah zu Boden. Nach einer Weile stand

Martha auf, ergriff eine Zigarette aus ihrer Packung, ging zum Fenster, öffnete dieses und zündete sie sich dort an. Sie blies den Rauch ins Freie und schaute gleichmütig auf den vorbeiziehenden Autoverkehr auf der Via Lazio. Ein paar Züge später warf sie den Stummel auf die Straße, schloss das Fenster wieder und nahm erneut am Tisch Platz. Dann sah auch sie den Anwalt mit den ergrauten Schläfen wieder an.

»Das war ziemlich genau drei Wochen vor Ihrem geplanten Hochzeitstermin, richtig?«

»Si.«

»Abgesehen von dem Schock der Entdeckung und der Sie überwältigenden Trauer waren die folgenden Tage auch aus einem anderen Grund nicht einfach für Sie, nehme ich an? Anfangs gehörten auch Sie zum Kreis der Verdächtigen, richtig?«

Martha nickte.

»Ja, das stimmt. Aber das konnte die Polizei recht schnell ausräumen, da ich tatsächlich zur fraglichen Zeit in der Kirche von Monterosi war und dort von vielen unserer Nachbarn gesehen wurde. Außerdem konnte auch der Commissario kein vernünftiges Motiv erkennen. Im Gegenteil! Durch Giovannis Tod vor unserer Hochzeit fiel ich aus der Erbfolge heraus. Naja, was heißt 'fiel'? Da wir noch nicht verheiratet waren, war ich in dieser ja noch überhaupt nicht drin. Mit anderen Worten: Ich erbte nichts. Sein eigenes Vermögen und seine Besitztümer fielen in den Besitz seiner Familie, und seine Erbanteile bei einem späteren Ableben seiner Eltern gingen mangels eigener Nacherben auf seinen Bruder Luigi über. Ich erhielt von der Familie als Entschädigung für die entgangene Rechtsposition ein paar Millionen Lire, umgerechnet heute etwa 75.000 Euro. Dieses Geld habe ich zunächst einmal beiseitegelegt und habe es einige Jahre später, kurz bevor ich Alberto kennenlernte, genutzt, um mir meine heutige Boutique in der Nähe des olympischen Dorfes aufzubauen.«

»Und Sie haben Castello Martha Angela behalten«, warf Börgelund ein.

»Ja, natürlich. Darüber gab es ja eine notariell beglaubigte Schenkungsurkunde. Das Anwesen gehörte mir, und es gehört mir auch immer noch, obwohl ich selbst mich dort nicht mehr aufhalte. Ich habe es nicht über das Herz gebracht, unser Nest, wenn Sie so wollen, zu verkaufen. Allerdings ist das Anwesen seit vielen, vielen Jahren dauerhaft an ein wohlhabendes deutsches Ehepaar vermietet. Durch diese Miete bin ich mit meiner Boutique absolut unabhängig und kann auch saisonale Umsatzschwankungen leicht abfedern.«

»Hätten Sie als Eigentümerin des Anwesens auf Ihren Wunsch hin Zutritt?«

»Ja, ich bin sowieso manchmal dort und schaue nach dem Rechten. Die Mieter halten sich insgesamt nur etwa sechs Monate im Jahr dort auf. Den Rest des Jahres verbringen sie in Stuttgart, und wir haben vereinbart, dass ich in ihrer Abwesenheit einmal im Monat nach dem Rechten schaue. Aber meistens schicke ich meinen Neffen, den Sohn von Albertos Schwester Francesca, hin, damit ich es nicht zu tun brauche.«

Martha machte eine kurze Pause, bevor sie etwas

wehmütig seufzte.

»Ach ja, Alberto ...«

Martha sah Karlson an, während Börgelund übersetzte.

»Alberto war ein sehr lieber und guter Mann. Gott habe ihn selig. Ich habe schöne Jahre mit ihm verbracht, sehr harmonische Jahre nach fast zehn Jahren tiefer und schmerzender Trauer. Er war äußerst zuvorkommend, fürsorglich und liebevoll zu mir. Aber er konnte mir emotional nichts anhaben. Er gefährdete mein stilles Herz nicht, wenn Sie so wollen. So konnte ich dieses für mich behalten. Ich konnte meine Erinnerungen, meine Bilder, meine Trauer, aber auch meine Liebe darin verschließen und bewahren, ohne dass Alberto all dem zu nahe kommen konnte. Ich bin mir nie ganz sicher gewesen, ob er das gespürt hat. Aber wenn, dann hat er es sich nicht anmerken lassen.«

Sie biss sich auf die Unterlippe.

»Nun, wirklich fair und ehrlich war das jedenfalls nicht von mir.«

Der junge Karlson, den sie während der letzten Sätze angesehen hatte, nahm ihre Hand in seine linke und bedeckte ihren Handrücken mit seiner rechten. Er lächelte sie gutmütig an und nickte ihr zu, als wolle er ihr sein Verständnis für ihre Gefühle und ihre Vorgehensweise zum Ausdruck bringen. Diese Geste tat ihr gut, obwohl sie von jemandem kam, der ihr Sohn hätte sein können. Für einen Moment aber fühlte sie sich an wie eine kleine nachträgliche Absolution für das schlechte Gewissen, das sie Alberto gegenüber stets empfunden hatte.

In diesem Moment bekam Martha Appetit auf einen

heißen Kaffee. Sie nahm eine der bereitgestellten Tassen, gab etwas Milch hinein und füllte aus einer Kanne den Rest mit Kaffee auf.

»Aber, meine Herren, wenn ich mich recht erinnere, sind wir nicht hierher gekommen, damit ich Ihnen meine Lebensgeschichte erzähle. Im Gegenteil. Sie wollten eigentlich ...«,

Martha stockte mitten im Satz.

»Meinen Sie, Giovanni hat mir etwas vererbt?«

»Ja, Signora Vadeva, das glauben wir. Und zwar etwas in seinen Augen ganz Besonderes. Ihr Hochzeitsgeschenk. Den Himmel. Den Cielo.«

»Den Cielo?«

Martha verstand nicht recht.

»Il cielo degli Angeli«, wurde Börgelund genauer.

»Heilige Mutter Maria steh mir bei!«

Martha schlug die Hand vor den Mund und wurde bleich. Il cielo degli Angeli. Der Himmel der Engel. Ein riesiger Vergnügungspark in Umbrien, der Anfang der siebziger Jahre unter dem Namen 'Terra de miracoli', also Wunderland, angefangen und dann irgendwann in 'Il cielo degli Angeli' umbenannt und stetig erweitert wurde. Ein Multimillionen-Projekt. Der 'Cielo', wie er in der Bevölkerung abgekürzt wurde, zählte sowohl in seiner Anziehungskraft als Besuchermagnet als auch in seiner Rentabilität zu den größten Freizeitparks Europas. Der Anwalt aus Schweden ergriff wieder das Wort:

»Giovanni Gambesi war unter anderem verliebt in Ihre, verzeihen Sie bitte, kindlich fröhliche Faszination für Jahrmärkte, Karussells und dergleichen.«

»Ja, das stimmt«, unterbrach ihn Martha leise und lächelte dabei ein wenig, »ich habe ihn zu jeder Kirmes und zu jedem Jahrmarkt geschleppt, die irgendwo in der Nähe gastierten. Ich konnte nie genug von dieser bunten Welt, den Achterbahnen und all den Buden und Attraktionen bekommen. Ich erinnere mich, wie er mir Weihnachten 1974, unserem einzigen gemeinsamen Heiligabend, neben vielen anderen Kostbarkeiten eine Spieluhr mit einem sich drehenden Karussell geschenkt hat und dabei sagte: »Irgendwann, mein kleiner Engel, schenke ich Dir einen ganzen Vergnügungspark.« Ich habe gelacht und ihn umarmt. Es war nur ein lustiger Spruch mit einem Augenzwinkern. Ich habe es für eine neckische Anspielung gehalten, mit der er mich aufziehen wollte wegen meiner nahezu kindlichen Aufregung, wenn wir in die Nähe einer Kirmes kamen. Aber ich habe es nicht ernst genommen.«

Sie hob ihren Kopf und schaute zu Börgelund hoch.

»Und er wollte mir den 'Cielo' zur Hochzeit schenken? Sie meinen, *den* Cielo??«

»Ja, Signora. Er hat das Terra de miracoli im Dezember 1974 gekauft. Damals war der Park noch in seinen Anfängen und war im Vergleich zu anderen europäischen Vergnügungsparks relativ unbedeutend. Seinen heutigen Wert hat er auch erst in den letzten zwanzig Jahren bekommen. Aber trotzdem, es war immerhin ein Vergnügungspark für seine 'Angela'. Kurz vor seinem Tod ließ er den Park in Anspielung auf seine geliebte zukünftige Gattin in 'cielo degli Angeli' umbenennen. Er wies die Geschäftsführung an, diese Namensänderung einen Tag vor Ihrer Hochzeit lediglich durch ein neues Eingangsschild auszuweisen, aber mit dem Gang an die Öffentlichkeit bis nach der Hochzeit zu warten. Es war sein Plan, mit Ihnen am Tag nach der Hochzeit dorthin zu fahren, vor dem Eingangstor überrascht festzustellen, dass ausgerechnet ein Vergnügungspark quasi Ihren Namen trägt und Ihnen dann, wie beiläufig, mitzuteilen, dass dies ja auch kein Wunder sei, denn er gehöre ja nun mal Ihnen.«

Marthas Kaffee war längst kalt geworden. Sie wusste nicht mehr, was sie denken oder fühlen sollte. Auf jeden Fall dachte sie nicht an den Wert des Parks, auch nicht daran, wie viel Geld selbst damals Giovanni für ein Hochzeitsgeschenk bereit gewesen war auszugeben. Sie dachte vielmehr an die Intensität, mit der Giovanni sich in seinen Gedanken und Gefühlen damals mit ihr beschäftigt haben musste. Wie sehr seine Welt sich um sie drehte. Und als sie nach all den Jahren erneut die Bedeutung fühlte, die sie für ihn gehabt haben musste, kamen ihr die Tränen. Sie verbarg ihr Gesicht in ihren Händen und weinte. Dabei kümmerte es sie nicht, dass sie nicht allein war. Eigentlich vergaß sie es sogar in diesem Moment. Die beiden Schweden schwiegen und ließen sie gewähren.

Es dauerte einige Momente, bis Martha die Hände vom Gesicht nahm und sich notdürftig mit bloßen Händen das nasse Gesicht abwischte. Sie wusste, dass nun ihre Wimperntusche verlaufen war.

»Entschuldigen Sie bitte, meine Herren ...«, kam es etwas kraftlos aus ihr heraus.

»Aber ich bitte Sie, Signora. Das ist doch sehr

verständlich«, erwiderte Börgelund.

»Ich bin gleich wieder da.«

Mit diesen Worten nahm sie ihre Handtasche und verließ den Raum.

4

Als sie zurückkehrte, hatte sie ihre Wimperntusche und ihr Make-up, so gut es ging, korrigiert und schien sich wieder gefasst zu haben.

»Signore Börgelund, Sie behaupten nun, Giovanni habe mir diesen Park vermacht. Dazu hätten wir aber entweder verheiratet sein müssen, was wir nicht waren, oder es hätte ein gültiges Testament von Giovanni existieren müssen, was aber auch nicht der Fall war. Oder wollen Sie mir etwa erklären, es habe ein solches Dokument gegeben, aber die Gambesis haben es unterschlagen und verheimlicht?«

»Ja und nein! Wir sind davon überzeugt, dass Giovanni unmittelbar vor seinem Tod ein Testament verfasst hat. Aber seine Familie hat es nicht unterschlagen. Das konnte sie aus einem einfachen Grund nicht. Sie weiß bis heute nichts von seiner Existenz, genauso wenig wie Sie selbst, Signora.«

»Und woher wissen ein schwedischer Jungunternehmer und sein Anwalt aus Stockholm davon? Ich glaube wirklich, meine Herren, es wird höchste Zeit für eine befriedigende Erklärung.« Ihr Ton war zwar freundlich, ließ aber keinen Widerspruch zu.

»Sie haben Recht, Signora. Ich fürchte nur, ich kann Ihnen zwar eine Erklärung geben, aber ich bezweifle, dass sie Sie befriedigen wird. Denn über ein bestimmtes Detail darf ich Ihnen keine Auskunft erteilen. Das ist mir strikt untersagt. Und so wird Ihnen nichts anderes übrig bleiben, uns nach meiner Erklärung einfach zu glauben oder es nicht zu tun. So, wie ich es Ihnen im Hotel schon angekündigt hatte.«

»Ich höre Ihnen aufmerksam zu, Signore Börgelund.«

Der Anwalt aus Stockholm schenkte sich nun ebenfalls ein Glas Wasser ein, nahm einen Schluck und begann mit seiner Geschichte:

»Als vor sieben Jahren der Vater von Signore Karlson bei einem Autounfall ums Leben kam, erbte mein Mandant nicht nur das Unternehmen, sondern natürlich auch die private Habe seines Vaters. Darunter befanden sich sechs private Tagebücher, die dieser zwischen Sylvester 1975 und Herbst 1977 geführt hatte. Wir nehmen mit großer Sicherheit an, dass das Führen dieser Tagebücher der Trauerbewältigung diente. In ihnen wurde er jene Gefühle und Gedanken los, die ihn nach dem unerwarteten Kindbett-Tod seiner Frau und der plötzlich alleinigen Verantwortung für ein Neugeborenes so sehr bedrückten, dass für das Familienunternehmen eine ernsthafte Gefahr daraus erwuchs, unter der Schwermut des Inhabers Schaden zu nehmen. Mithilfe der Möglichkeit, seine Wahrnehmungen, seine Trauer, seine Wut - ja auch teilweise seine Wut auf das Baby - in diesen Büchern loszuwerden, hat der Mann es geschafft, seine emotional bedingte Blockade zu überwinden. Die Tagebücher hören demzufolge nach 19 Monaten im Herbst 1977 auf. Wir können also davon ausgehen, dass die Trauer zu diesem Zeitpunkt überwunden war. Als Signore Karlson kurze Zeit nach dem Tod seines Vaters Einblick in diese Tagebücher nahm, stieß er auf einen äußerst ungewöhnlichen Eintrag vom 28. März 1977. Am

Abend jenes Tages ist etwas geschehen, was sein Vater zwar in seinem Tagebuch festhielt, was er sich aber nicht erklären konnte. Seine Aufzeichnungen in den folgenden Tagen und Wochen zeugen davon, dass er sich noch lange mit dem, was an jenem Abend geschehen ist, beschäftigte, dass er sich aber auch nach Wochen keinen Reim darauf machen konnte.«

Sven Anders Börgelund trank noch einen Schluck Wasser, weil sein Mund vom Sprechen trocken geworden war. Im Anschluss daran teilte er Jens Karlson kurz auf Schwedisch mit, dass er gerade bei den Tagebüchern angekommen sei, und fuhr dann in seinem nordisch eingefärbten Italienisch fort:

»Auch mein Mandant, der sich vor fast sieben Jahren diese Aufzeichnungen durchlas, stolperte über diesen Eintrag. Auch er konnte sich auf das, was sein Vater dort niedergeschrieben hatte, keinen Reim machen. Aber im Gegensatz zu diesem ließ er es nicht nach einigen Tagen dabei bewenden. Er suchte nach einer Erklärung für das am Abend des 28. März 1977 dokumentierte Geschehen. Und so fing er an, Hintergründe und Zusammenhänge zu recherchieren. Er hörte nicht mehr damit auf, bis er glaubte, das Rätsel gelöst zu haben. Vor etwa einem Jahr dann wendete er sich an mich und bat mich, Sie ausfindig zu machen und den Kontakt mit Ihnen zu suchen.«

»Was stand denn dort geschrieben?«, hakte Martha ein.

»Das, Signora Vadeva, ist jenes Detail, über das zu sprechen ich nicht befugt bin. Ich kann Ihr Interesse verstehen, aber bitte respektieren Sie an dieser Stelle die Privatsphäre meines Mandanten und seiner Familie. Nur soviel: An diesem Abend erfuhr der Vater meines Mandanten vom Tod eines gewissen Giovanni Gambesi.«

Martha wurde schlecht.

Sie hielt sich die Hand vor den Mund.

»Signore Karlson hat in den letzten Jahren sehr viel Zeit und Geld investiert. Und er hat all das recherchieren können, was wir Ihnen heute eröffnet haben. Er hat herausgefunden, dass Signore Gambesi vor seinem Tod verlobt war, dass seine Familie mit der geplanten Eheschließung nicht einverstanden war, dass Giovanni Ihnen das Anwesen am Lago di Bracciano kaufte und auch, dass er Ihnen zur Hochzeit den 'Cielo' schenken wollte.«

Martha lenkte ihren Blick auf den jungen Mann und sah ihn eindrücklich an. Jens Karlson erwiderte den Blick mit einem kurzen Nicken des Kopfes, so als wolle er Börgelunds Worte bestätigen, obwohl er sie nicht verstanden hatte. Dennoch wusste er natürlich intuitiv, an welcher Stelle sein Anwalt ungefähr sein musste. Jens Karlson ist ein beeindruckender Mensch, ging es ihr dabei durch den Kopf.

»Aber Signore Karlson hat noch mehr herausfinden können, und damit kommen wir zum Kernanliegen unseres Besuches.«

Börgelund nickte seinem Mandanten an dieser Stelle mit dem Kopf zu, worauf hin dieser das Wort ergriff. Martha Vadeva sah dem jungen Schweden aufmerksam in die Augen, während er zu ihr sprach. Mit dem linken Ohr fing sie dabei die italienischen Sätze des Anwaltes auf, der Karlsons Ausführungen nicht mehr in die dritte Person übersetzte, sondern jeden Satz wörtlich in der Ich-Form ins Italienische übertrug:

»Ich glaube, dass Giovanni seinen Tod befürchtete. Ich glaube, dass er nur wenige Tage vor seinem Tod eine ernsthafte Unterredung mit seinem Bruder hatte, der um diese Unterredung im Namen der ganzen Familie ersuchte. Ich bin davon überzeugt, dass Luigi beauftragt war, Giovanni unmissverständlich die Entscheidung des Clans mitzuteilen, dass man seine Eheschließung mit Ihnen nicht zu tolerieren bereit sei und sie notfalls mit Gewalt verhindern wird, wobei diese Gewalt, sollte es zum Äußersten kommen müssen, zu seinem Nachteil geschehe und nicht zu Ihrem, Signora, da er selbst es sei, der an dieser inakzeptablen und familienschädlichen Entscheidung festhalte und sie somit also auch zu verantworten habe.«

Martha hatte genau verstanden, was dort gerade ausgesprochen worden war. Sie stand auf, weil es sie nicht mehr ruhig auf ihrem Stuhl hielt. Sie wich zurück, bis sie mit ihrem Rücken die Bücherwand berührte, an deren Regalbretter sie sich mit einer Hand klammerte.

»Sie wussten genau, was sie taten«, fuhr Karlson fort.

»Das gesamte Vermögen Giovannis würde zurück in den Schoß der Familie fließen. Und zwar bevor seine Vorliebe, Ihnen Geschenke in Abermillionenhöhe zu machen, dazu führt, dass das ganze Vermögen in die Hände einer Kellnerin wandert. Giovannis Teil am familiären Konzernvermögen hatte eine existenziell bedrohliche Größe. Ein Verlust dieses Teiles bedrohte das Ganze. Wie bei einem Kartenhaus, aus dem man eine fundamentale Karte zog. Schmuck, Mode, ja sogar die kleine Villa in Monticello, hat man ihm noch durchgehen lassen. Als Giovanni jedoch für umgerechnet fast 45 Millionen Euro diesen neuen Vergnügungspark in Umbrien kaufte, hatte das Nachsehen ein Ende. Von diesem Moment an wurde seine Verliebtheit für das gesamte Familienunternehmen zu einer Gefahr. Aber sie haben nicht damit gerechnet, dass ihm die Familie, das Vermögen, ja sogar, dass ihm sein eigenes Leben nicht mehr soviel bedeutete, wie Sie, Signora.«

Martha musste mehrmals kräftig schlucken, weil sie glaubte, sich übergeben zu müssen.

»Hören Sie auf!«, schrie sie.

Karlson stand auf und ging auf sie zu, bis er nahe vor ihr stand. Börgelund übersetzte weiter, ohne seinen Sitzplatz zu verlassen:

»Am Karfreitag 1975, drei Wochen vor der geplanten Eheschließung, sollte Giovanni Sie nachmittags in den Gottesdienst nach Monterosi schicken, was er auch tat. Denn er erwartete Luigi im Castello Martha Angela, und dieser erwartete wiederum eine endgültige Entscheidung. Entweder eine gegen Sie, Signora, oder gegen sein Leben.«

Martha spürte Karlsons Atem im Gesicht, während dieser sprach. Sein Ton war nicht eindringlich, schneidend oder scharf, ja in keiner Weise bedeutungsschwanger, sondern einfach nur leise, weich und mitfühlend.

»Giovanni Gambesi hat Sie mehr geliebt als alles andere auf der Welt, Signora. Er entschied sich für Sie! Und er verlegte, wenn Sie so wollen, Ihren Hochzeitstag auf seinen Todestag vor, indem er Ihnen noch an diesem Tag kraft eines schnell handschriftlich verfassten Testaments den Cielo degli Angeli schenkte. Er versteckte dieses Testament in Ihrem Haus und gab Ihnen einen Hinweis darauf, wo Sie es finden werden, bevor Sie das Haus verließen und nach Monterosi fuhren.«

»Das ist absurd!«, rief Martha empört.

»Davon weiß ich nichts, und ich müsste es ja wissen. Er hat mir nichts davon erzählt, bedroht zu werden. Er hat nie etwas von einem Testament gesagt, geschweige denn, dass ich nach einem suchen solle.«

Martha tauchte seitlich an Karlson vorbei, schnappte sich aus ihrer Handtasche eine weitere Zigarette und öffnete erneut das Fenster, an dem sie zu rauchen begann. »Absurd. Absurd!«, wiederholte sie mehrmals.

Sie blies den Rauch mit kräftigen Stößen in die inzwischen abendliche römische Luft.

»Meine Herren, da haben Sie sich etwas Feines ausgedacht. Mir gehört der Cielo? Dass ich nicht lache. Giovanni wurde von seinem Bruder ermordet? Das ist absurd. In meinem Haus ist ein Geheimversteck? Das ist lächerlich.«

Sie warf die Zigarette aus dem Fenster, ging zu ihrem Stuhl zurück und griff nach ihrer Handtasche.

»Diese Unterredung ist beendet, meine Herren. Vielen Dank für die schlimmen Erinnerungen. Guten Tag.«

Mit diesen Worten drehte sie sich zur Tür, aber Karlson verstellte ihr den Weg. Er sagte etwas in sanften, offenbar einstudierten italienischen Worten:

»Quando io non ci dovrei stare piú, tieni il fuoco del nostro Amore nell occhi.«

Wenn ich mal nicht mehr sein sollte, behalte das Feuer unserer Liebe im Auge.

Martha wich einen Schritt zurück und wäre fast über ihren Stuhl gestolpert. Sie ließ ihre Handtasche fallen, um sich abzustützen.

»Waren das nicht seine letzten Worte an Sie, bevor Sie sich auf den Weg in den Gottesdienst machten?«, vernahm sie die Stimme Börgelunds aus dem Hintergrund.

»Das stimmt! Jetzt, wo Sie es sagen, erinnere ich mich. Das hat er gesagt, als ich ihm unten an der Eingangstür einen Abschiedskuss gab. Ich neckte ihn mit einem Kniff in die Wange und sagte: »Du Dummerchen. Mache Dir keine Sorgen. Du und ich werden immer und ewig zusammen sein. Ich liebe Dich!« Ich hatte das irgendwie auf mich bezogen, so als wolle er mir seine Sorge zum Ausdruck bringen, ich könnte ihn eines Tages einmal verlassen. Aber er nahm mich noch einmal bei den Schultern und wiederholte den letzten Halbsatz: Behalte unser Feuer im Auge. Dann habe ich ihn noch einmal geküsst und bin gegangen. Kurz vor dem Auto habe ich mich noch einmal zu ihm umgedreht und gerufen: Das mache ich sowieso an jedem einzelnen Tag."

Martha bückte sich und nahm ihre Handtasche vom Boden auf.

»Und das soll ein Hinweis auf ein Testament gewesen sein? Und nicht nur auf das, sondern auch noch auf das Versteck desselben? Es tut mir leid. Auch wenn ich diesen letzten Satz Giovannis heute aus anderen Augen sehen kann, aber dass Sie darin die Existenz eines Testamentes und auch noch dessen Versteck erkennen wollen, kann ich nicht nachvollziehen.«

»Wir hatten gehofft, dass diesmal *Sie* uns an dieser Stelle weiterhelfen könnten.«

Börgelund kam um den Tisch herum und zog einige Bücher in der Bücherwand wieder in eine geradlinige Flucht, die seine Gesprächspartnerin vorhin etwas nach hinten geschoben hatte.

»Ich habe keine Ahnung«, antwortete diese. »Was soll mir das sagen? Wollen Sie mir einreden, das Letzte, was mein damaliger Verlobter zu mir sagte, heißt übersetzt: Liebling, wenn Du gleich nach Hause kommst, werde ich tot sein? Und suche dann in unserem Haus ein Geheimversteck, denn in diesem wirst Du mein Testament finden und schon gehört Dir einer der größten Vergnügungsparks Europas? Ich bitte Sie, das ist absurd.«

»Genau das, so glauben wir, sollte es heißen. Mit einem klitzekleinen unbedeutenden Unterschied. Der Cielo war damals noch nicht einer der größten Vergnügungsparks Europas, sondern steckte in noch den Kinderschuhen. Aber ansonsten: Ja, das sollte es heißen.«

»Seien Sie mir nicht böse, meine Herren, aber ich finde, unser Gespräch hat eine recht merkwürdige, um nicht zu sagen absurde Wendung genommen. Der Tag war sehr lang und anstrengend. Wären Sie bitte so nett, mir ein Taxi zu rufen?« Martha war sauer, und das ließ sie sich nun auch anmerken.

»Signora Vadeva, ich kann verstehen, dass Sie aufgebracht sind. Ich stimme Ihnen zu, dass wir unser

Gespräch an dieser Stelle vorerst abbrechen. Ein Sekretär von Signore Castellani wird Sie nach Hause fahren. Bitte schlafen Sie eine Nacht darüber. Signore Karlson und ich würden uns sehr freuen, wenn Sie morgen zu dem Schluss kommen, dass unsere Theorie, zumindest mit einer gewissen Chance, zutreffend sein könnte. Es ist, wie ich es schon im Hotel angedeutet habe, immer noch nicht sicher, dass dieses handschriftliche Testament, sofern es denn tatsächlich existiert, vor Gericht anerkannt werden wird, weil es ohne Zeugen verfasst wurde und nicht notariell beglaubigt ist. Aber es ist, wenn es existiert, in Giovannis Handschrift verfasst worden, und es sprechen keine Hinweise dafür, dass Giovanni zum Zeitpunkt der Niederschrift nicht voll geschäftsfähig gewesen wäre. Überlegen Sie es sich, Signora. Wir sind morgen den ganzen Tag über hier zu erreichen. Vielleicht täuschen wir uns, und wir interpretieren mehr in diese Sache als Recht ist. Aber wir denken, ein Versuch ist es wert.«

5

Am nächsten Morgen erwachte Martha Vadeva aus bösen Träumen. Immer wieder in der Nacht hatten sie die Bilder heimgesucht, die schon seit Jahren vergessen schienen. Ihr Geliebter in seinem Blut. Die klaffende Schnittwunde. Die aufgerissenen Augen. Die verwüsteten Zimmer. Dann war sie ein paar Mal in Gewölbekellern herumgeirrt, die voller Spinnweben hingen. Klamme Pfützen in den Gängen und Fledermäuse, die ihr mit lautem Geschrei um die Ohren flogen. Einige Male ist sie in Schweiß gebadet aufgewacht, um kurz danach erschöpft wieder einzuschlafen.

Was für ein Albtraum, dachte sie unter der Dusche und meinte damit weniger die vergangene Nacht, sondern vielmehr den gestrigen Nachmittag. Martha war immer noch sauer auf die Herren aus Schweden. Erst recht, nachdem sie nun etwas Abstand hatte. Beim Frühstück dachte sie immer wieder über das nach, was die Fremden ihr weiszumachen versucht hatten und je länger sie darüber nachdachte, desto mehr fiel ihr auf, wie simpel doch all das ist, was gestern noch verwirrend und überraschend klang. Nichts von dem, was die Männer aus Stockholm ihr als verblüffende Tatsachen präsentierten, war tatsächlich verblüffend oder gar neu. Dass der Cielo degli Angeli zum Konzern der Gambesis gehörte, konnte jeder Wald- und Wiesenanwalt herausfinden. Dass ihr Haus am Lago di Bracciano einst von dem inzwischen toten Sohn dieser Familie gekauft und dann verschenkt wurde, ist ebenfalls leicht zu ermitteln. Auch wo und wann dieser unter welchen Umständen zu Tode kam, wurde seinerzeit ausgiebig in den Zeitungen publiziert.

Je länger sie über all das nachdachte, umso ärgerlicher wurde sie. Auch darüber, wie leicht selbst sie sich durch allgemein bekannte Dinge hat beeindrucken lassen, als präsentiere man ihr die letzten Geheimnisse des Vatikans.

Sie lachte laut auf.

Dabei waren all diese Dinge in Wirklichkeit, zumindest für den, der danach sucht, öffentliches Allgemeingut. 'Jahrelang recherchiert', dass sie nicht lache. Sie schüttelte den Kopf über sich selbst. Alles andere war reine Spekulation. Beliebige Schlussfolgerungen und nicht beweisbare Verdächtigungen zweier Möchtegern-Detektive. Die Fantasie eines modernen schwedischen Kalle Blomquists.

Sie bestellte sich ein Taxi und fuhr, ohne dass das für diesen Tag eigentlich geplant gewesen wäre, in ihre Boutique. Sie selbst besaß kein Auto mehr. Sie hatte zwar seit 40 Jahren einen Führerschein, aber je mehr der städtische Verkehr in Rom in den letzten Jahrzehnten zugenommen hatte, desto mehr wuchs auch ihre Angst vor dem Autofahren. Irgendwann ließ sie es einfach bleiben. Üblicherweise legte sie innerstädtische Strecken mit dem Taxi zurück. So oft kam das aber auch nicht vor. Sie arbeitete in der Regel nur samstags in ihrer eigenen Boutique und mittwochs, wenn die neue Ware kam. Heute hatten Stefanie und Isabella Dienst. Martha konnte sich seit Jahren auf ihre sehr guten Mitarbeiterinnen verlassen.

An diesem Nachmittag war viel los, so dass es gut war, in die Boutique gefahren zu sein. Martha konnte Stefanie und Isabella gut zur Seite stehen und für sie den Andrang in den Stoßzeiten abfangen. Außerdem gehörten einige sehr zahlungskräftige Damen zu den Kundinnen des Tages, die die willkommene Gelegenheit wahrnahmen, mit der Chefin über dies oder das zu sprechen. All das führte, wie Martha am Abend befriedigt feststellen konnte, dazu, dass sie den ganzen Nachmittag hindurch nicht an Giovanni oder an die Herren aus Schweden denken musste. Ferner sorgte dieser anstrengende und arbeitsreiche Nachmittag, gepaart mit dem anstrengenden gestrigen Tag und der nahezu schlaflosen Nacht dafür, dass Martha Vadeva früh zu Bett gehen konnte und direkt in einen tiefen Schlaf fiel.

Am nächsten Tag fühlte sie sich frisch und ausgeruht. Das lange Gespräch mit den Herren Börgelund und Karlson erschien ihr für einen Moment schon weit weg. Dass die seitdem vergangene Zeitspanne doch noch nicht so groß war, wurde ihr plötzlich bewusst. Ihr fiel ein, dass deren Rückflug für heute Nachmittag angesetzt war. Der Besuch in der Via Lazio lag tatsächlich erst anderthalb Tage zurück. Sie hätte gestern gerne Mäuschen gespielt, während die beiden Schweden in der Kanzlei von Signore Castellani auf ihren Anruf warteten. Sie waren sicher enttäuscht darüber, dass dieser nicht kam. Was hatten sie auch erwartet? Und warum war es ihnen so wichtig, dass sie mitspielte und nach einem bisher unbekannten Testament suchte und zu diesem Zweck, möglicherweise auch noch in deren Begleitung, das derzeit unbewohnte Haus in Monticello öffnete. Was führten die beiden im

Schilde? Was war es, das sie ihr nicht erzählten?

Martha räumte ihren Frühstückstisch ab und stellte das schmutzige Geschirr in die Spülmaschine. Danach begab sie sich ins Bad, um sich zu frisieren.

Als sie sich im Spiegel betrachtete, überkam sie Unzufriedenheit mit dem, was sie sah. Sie fasste einen für sie ungeheuren Entschluss für diesen Tag. In der Diele schnappte sie sich den Telefonhörer und wählte aus dem Speicher die Nummer ihrer Friseurin, um diese zu fragen, ob sie heute noch vorbeikommen könne. Sofort meldete sich die vertraute Stimme aus dem Salon Bocchi.

»Signora Bocchi? Hier spricht Martha Vadeva. Erinnern Sie sich daran, dass ich Ihnen einmal sagte, ich lasse mir von Ihnen einen Kurzhaarschnitt verpassen, wenn ich eines Tages einmal in den Spiegel schaue und mich nicht mehr leiden mag? Es ist soweit. Haben Sie heute freundlicherweise noch Zeit für mich?«

Die Frau am anderen Ende lachte kurz und bat Martha dann um etwas Geduld, da sie erst nachschauen müsse, ob die heutige Terminlage einen kurzfristigen Besuch zulasse. Martha wartete. Sie schmunzelte. Sie selbst konnte sich noch sehr gut an jenen Tag erinnern, als Signora Bocchi vehement darauf bestand, dass ihr ein modischer Kurzhaarschnitt viel besser stünde, während Martha wiederum, als überzeugte Langhaarträgerin, daran festhielt, dass sie ihre langen Haare als unverzichtbaren Teil ihrer Weiblichkeit verstehe. Zum Schluss hatte sie die Diskussion mit eben jener Ankündigung beendet, an die sie die Friseurin gerade erinnert hatte.

Martha stutzte.

Ihre Gedanken schienen auf einmal stillzustehen und sich im nächsten Moment im Kreis zu drehen. Plötzlich schlug ihr Puls ihr bis zum Hals, und sie merkte, wie ihre Knie anfingen zu zittern. Sie knallte sofort den Hörer auf die Gabel und fingerte an den Tasten herum, um zurück in den Nummernspeicher zu gelangen. Mindestens zweimal vertippte sie sich bei dem Versuch, Adrianos Nummer zu finden.

»Hallo?«, erklang die Stimme ihres Neffen aus der Muschel.

»Adriano, hier ist Tante Martha. Bitte komme mich sofort abholen. Es ist eilig.«

»Tante!«, der junge Mann klang genervt.

»Das geht nicht. Ein Freund kommt gleich vorbei. Wir wollen ein neues Videospiel ausprobieren.«

»Adriano, es ist wirklich wichtig. Spielen kannst Du jeden Tag. Ich brauche Dich aber jetzt, und es duldet wirklich keinen Aufschub. Du bekommst auch 50 Euro von mir.«

Mit einem Taschengeld konnte sie ihn immer ködern. Sicher, 50 Euro waren etwas üppig, aber ihr war in ihrer akuten Nervosität keine andere Summe eingefallen. Sie sprach einfach aus, was ihr gerade in den Kopf schoss.

»Okay, Tante, ich bin in einer halben Stunde bei Dir. Worum geht es denn? Was zum Teufel ist denn plötzlich so wichtig?«

»Wir fahren nach Monticello«, sagte sie.

»Und bring den Werkzeugkasten Deines Vaters mit.«

Martha zog sich in Windeseile um. Ein alter Pullover

und eine Jeans. Sie suchte ihre Handtasche, stopfte Schlüssel, Zigaretten und die Fernbedienung für die Einfahrt hinein, warf sich eine Jacke über und beeilte sich, das Haus zu verlassen. In ihrer Wohnstraße konnte Adriano nicht halten. Er würde, wie immer, in der Bushaltestelle an der nächsten Einmündung warten.

6

Marthas Gedanken flogen schneller von Rom nach Monticello, als Adrianos alter VW Jetta über die Landstraßen fahren konnte. Bei der Diskussion über Langhaar- oder Kurzhaarschnitt, die sie mit Signora Bocchi vor Jahren hatte, handelte es sich um eine gemeinsame persönliche Erinnerung, die nur sie und die Friseurin teilten. Ebenso wie der letzte Satz Giovannis vor ihrer Abfahrt nach Monterosi eine Erinnerung war, die sie eben nur mit Giovanni teilte.

Quando io non ci dovrei stare piú, tieni il fuoco del nostro Amore nell occhi.

Wenn ich mal nicht mehr sein sollte, behalte das Feuer unserer Liebe im Auge.

Dass Giovanni das an seinem letzten Tag zu ihr gesagt hatte, gehörte eben nicht zu dem für jedermann recherchierbaren öffentlichen Allgemeingut, und es war auch keine Spekulation oder eine mutige Schlussfolgerung eines schwedischen Möchtegern-Detektivs. Das war ein Gespräch zwischen Giovanni und ihr. Das kann und konnte niemand anderes wissen. Damals hatte sie diesem Satz so wenig Bedeutung beigemessen, dass sie ihn sogar fast vergessen hatte. Wieso hätte sie, nichts von all dem ahnend, was kommen würde, diesem Satz auch Bedeutung geben sollen? Nun aber, durch die beiden Schweden in einen neuen Kontext gebracht, erhielt dieser Satz nicht nur seine Bedeutung, er bekam sogar plötzlich einen Inhalt, eine Botschaft. In ihrer ersten Liebesnacht, als sie noch lange eng umschlungen vor dem knisternden Kamin im Salon lagen, bezeichnete Giovanni ihre kleine Villa als das Nest ihrer ewigen Liebe und die Flammen im Kamin als das Feuer ihrer Liebe. Wenn also die Schweden mit ihrer Theorie auch nur annähernd recht hätten, müsste Giovanni in seinem Abschied auf den Kamin angespielt haben.

Martha trieb ihren Neffen immer wieder an, noch schneller zu fahren. Als Sie ihm zum hundertsten Mal ein »Beeil Dich!« entgegen zischte, nahm er deutlich Fahrt heraus und bellte zurück, dass er nicht gewillt sei, seinen Führerschein für 50 Euro zu riskieren. Martha stöhnte laut und wippte beständig mit den Füßen im Fußraum, so als gäbe sie selber Gas.

Endlich in Monticello angekommen, steuerte Adriano den Wagen langsam durch die kleinen Straßen und erreichte schließlich das große Tor, welches das weitläufige Grundstück abschloss. Martha fischte die Fernbedienung aus ihrer Handtasche und öffnete vom Beifahrersitz aus die Einfahrt. Der Jetta rollte den Zufahrtsweg entlang, vorbei an den noch nicht blühenden Sträuchern und Büschen und hielt am Ende auf dem Platz vor dem Haupteingang.

»Du wartest hier, hörst Du?«, befahl Martha ihrem Neffen, nahm sich den Werkzeugkasten von der Rückbank und steuerte auf die Eingangstüre zu.

Seit vielen Jahren schon hatte Martha das Schlafzimmer im oberen Stock nicht betreten. Und auch jetzt vermied sie es. Natürlich war in diesem Zimmer heute nichts mehr so wie vor 35 Jahren, aber es war das Zimmer an sich, das ihr Angst machte. Sie ging direkt durch die Diele in den nach hinten hinaus gelegenen Salon mit dem Panoramablick über die Bucht. Zitternd vor Aufregung stand sie vor dem Kamin, dessen äußere Verblendung und Innenwände mit grauen Quadersteinen gemauert waren. Sie stellte den Werkzeugkasten neben sich ab und ließ ihre Jacke und die Handtasche ebenfalls zu Boden gleiten. So stand sie eine ganze Weile dort, ohne sich zu rühren. Ihr Herz pochte, und sie atmete schwer.

Schließlich krempelte sie die Ärmel ihres Pullovers hoch, kniete sich vor den Kamin, dessen Innenwände mit Ruß bedeckt und auf dessen Boden über einer Schicht verkohlter Reste bereits frische Scheite aufgeschichtet waren. Sie drehte sich um, öffnete den Werkzeugkasten und entnahm diesem einen kleinen Hammer. Damit klopfte sie an den Innenwänden Stein für Stein ab auf der Suche nach einem, bei dem das Klopfgeräusch auf einen dahinter liegenden Hohlraum schließen ließ. Aber alle eingemauerten Steine klangen gleich. Martha legte den Hammer beiseite und befühlte alle Steinreihen in der Hoffnung, dass vielleicht einer der Steine etwas lockerer war als die anderen. Wieder nichts. Dann schob sie die frisch aufgeschichteten Holzscheite mit der Hand beiseite und prüfte nun auch an allen Innenwänden die beiden unteren Steinreihen.

Und diesmal entdeckte sie etwas.

In der zweiten Reihe von unten in der linken Innenwand war einer der hinteren Steine etwas locker. Nicht schlecht, dachte sie, denn das war eine gut ausgewählte Stelle, auf die die Sicht bei gefülltem Kamin verdeckt war, einmal ganz abgesehen davon, dass sowieso kein Mensch einen Anlass hätte, bewusst dahin zu schauen, geschweige denn, an den mit Ruß verschmierten Steinen zu rütteln.

Wenn sie ihre Fingerkuppen auf den Stein legte, konnte sie ihn im leichten Spiel poröser Fugen ein paar Millimeter hin- und herbewegen. Aber sie konnte ihn mit bloßen Händen nicht herausziehen, weil sie seine Kanten nicht zu fassen kriegte. Stattdessen nahm sie aus dem Werkzeugkasten zwei kleine Schraubenzieher und drückte sie links und rechts in die Fugen. Die Hose werde ich wegschmeißen können, ging ihr durch den Kopf, denn um mit beiden Händen beide Schraubenzieher bewegen zu können, musste sie sich mit dem rechten Knie in der Asche abstützen.

Martha hielt beide Schraubenzieher mit den Händen fest umklammert und bewegte sie möglichst synchron hin und her, so dass der Stein sich Millimeter für Millimeter nach vorne aus seinem Loch schob. Ein Stückchen noch, dann lugte er weit genug heraus, dass Martha ihn mit ihren Fingern an seiner oberen und unteren Kante packen und einfach herausziehen konnte. Sie legte ihn ab und warf die beiden Schraubenzieher hinter sich in den Salon.

Dann lehnte sie sich zurück und kramte in dem Werkzeugkasten nach der kleinen Taschenlampe, die in einem der Fächer lag. Nachdem sie die Lampe ertastet und genommen hatte, beugte sie sich wieder in den Kamin und hielt den Leuchtkegel in das dunkle Loch, in dem der herausgezogene Stein kurz zuvor noch gesteckt hatte. Sie musste sich mit ihrem Oberkörper sehr weit zur Seite legen, um überhaupt in das Loch blicken zu können, und beinahe hätte sie dabei das Gleichgewicht verloren und wäre der Länge nach in die alte Asche gefallen. Das Loch war vielleicht 5 bis 10 cm tief und endete vor dem glatten Abschluss des an den Kamin anschließenden Mauerwerks. Und es lag nichts drin in dem Loch.

Martha legte die Lampe ab und seufzte.

Erst als sie den herausgezogenen Stein wieder in das freie Loch schieben wollte, fiel ihr Blick auf dessen Rückseite und sie erschrak. Für einen Moment war sie starr. In die Rückseite des Steins war notdürftig, vermutlich mit Hammer und Schraubenzieher, über die gesamte Länge des Steines eine Vertiefung, eine halbrunde Rille, hineingeschlagen worden. Und in dieser steckte, mit Gewalt eingeklemmt und dadurch ein wenig verbeult, ein silbernes, metallenes Zigarrenröhrchen mit Schraubdeckel. Sie befreite das Röhrchen, zwängte sich aus dem Kamin heraus und ließ sich, sitzend mit dem Rücken zur Kaminverblendung, auf dem Boden nieder. Fassungslos und mit pochendem Herzen starrte sie auf das Zigarrenröhrchen, das quer in ihren mit Ruß bedeckten Händen lag.

Martha Vadeva wischte sich, so gut es eben ging, den Ruß von den Fingern an ihrer Hose ab und öffnete den Schraubverschluss des Zigarrenröhrchens. Sie hielt die Öffnung gegen das Licht der hereinströmenden Nachmittagssonne und schaute hinein. Sie erkannte gerollte Aluminiumfolie, die sie vorsichtig aus dem Röhrchen herauszog. Es waren drei Lagen, die ineinander gerollt waren. Zwischen den Lagen eingepackt, zum Schutz vor der Hitze des Kaminfeuers, befanden sich zwei Bogen Papier, die mit einer bewusst kleinen Handschrift eng beschrieben waren. Zunächst konnte Martha die ersten Zeilen nicht entziffern, weil ihre zitternden Hände das Papier nicht ruhig genug halten konnten. Sie zog ihre Beine an und drückte den ersten Bogen fest auf ihren rechten Oberschenkel, um ihn zu fixieren. Dann entnahm sie ihrer Handtasche ihre Lesebrille und las.

Mein letzter Wille
Ich, Giovanni Gambesi, geboren am 27.07.1943 in Rom, erkläre hiermit im Vollbesitz meiner geistigen Kräfte, dass ich meine derzeitige Verlobte, Frau Martha Marinelli, geboren am 12.06.1948 in Ostia, im Falle meines Todes als Alleinerbin meines Vermögens, sowohl meiner finanziellen als auch materiellen Güter, bestimme.
Sollte direkten Familienmitgliedern von Gesetzes wegen ein Pflichtanteil zustehen, so soll dieser aus dem monetären Teil meines Vermögens bestritten werden. Es ist bei einer etwaigen Feststellung mehrerer Pflichterben darauf zu achten, dass Frau Martha Marinelli auf jeden Fall den Vergnügungspark Terra de miracoli, den ich kürzlich in cielo degli Angeli umbennen ließ, zur Gänze erhält und etwaige weitere Erben aus dem sonstigen Vermögen befriedigt werden.

Monticello, den 27.03.1975
Giovanni Gambesi

Martha vergaß fast zu atmen und starrte hinaus auf die

Bucht. Mein Gott, mein Gott, mein Gott, ging es ihr immer wieder durch den Kopf.

Dass sie nun, die Durchsetzbarkeit dieses Testaments vorausgesetzt, Multimillionärin sei, registrierte sie nicht. Es interessierte sie auch nicht. Es überwältigte sie vielmehr die Tatsache, dass sie nach 35 Jahren Sehnsucht, nach 35 Jahren Einsamkeit, einen handschriftlichen Brief von Giovanni in Händen hielt, der für sie so neu war, als wäre er gerade erst verfasst worden. Sie legte das Testament vorsichtig neben sich auf den Boden und nahm den zweiten Bogen zur Hand.

Monticello, den 27.03.1975

Geliebte Martha,

Es ist kurz vor Mitternacht. Du bist eingeschlafen. Ich sehe Dir gerne beim Schlafen zu. Denn dann ruht Dein Gesicht, und es ist noch weicher, noch erhabener als sonst. Immer, wenn ich Zeuge Deines schlafenden Antlitzes sein darf, ruht für mich die Zeit. Kein Gestern. Kein Morgen. Es gibt nur diesen Moment, und der ist unendlich. Unvergänglich.

Ewig seiend im einzig wahrhaft Wirklichen: im Jetzt.

Ich danke Dir. Ich danke Gott für Dich. Du bist meine Liebe. Wenn Du schläfst, brauche ich nicht zu sagen, Du bist meine »einzige« oder »große« oder »wahre« Liebe. Ich brauche nicht zu sagen, Du seist es schon immer gewesen, oder dass Du es immer sein wirst. Denn im Anblick Deines schlafenden Daseins umfasst das einzig wahrhaft Wirkliche, das Jetzt, alle Zeit und alle Form. Daher ist für mich alles gesagt, wenn ich Dir schreibe: Du BIST meine Liebe.

Geliebte Martha, morgen kommt mein Bruder Luigi, und er bringt vermutlich jemanden mit: meinen Mörder. Weil ich Dir nicht abschwören kann. Es ist ein Beschluss der Familie, dem ich nicht entrinnen kann. Nur der Widerruf unserer Liebe wäre die Alternative. Aber Du bist meine Liebe. Alles andere tritt ohne Bedeutung hinter diesem einzig wahrhaft Wirklichen zurück. Es ist jetzt. Und damit ist es ewig. Vermisse mich nicht. Ich bin! Und damit ewig.

Ich verspreche Dir: Wir sehen uns wieder.

In einem anderen Leben.

Dein Mann Giovanni

Der Brief entglitt ihrer Hand. Er schwebte mit zwei sanften Schwüngen durch die Luft und legte sich auf die Steinfliesen.

»... in einem anderen Leben.«

Martha lehnte ihren Hinterkopf an den Kamin und ließ ihre Arme nach unten sinken.

Der Abschied, den nur Giovanni kennen konnte. Das angeborene Muttermal quer über der Halsschlagader. Der sie magisch anziehende Blick aus blauen, schwedischen Augen. Geboren am 24. Dezember 1975, genau neun Monate nach Giovannis Tod. Der Tagebucheintrag eines Mannes am anderen Ende der Welt, an dessen Seite ein 15 Monate altes Kleinkind schläft. Es schläft. Die Zeit steht still. Und das Kind brabbelt im Traum.

Es brabbelt.

Es spricht im Schlaf.

Italienisch!

Lediglich aus der Küche war das leise Ticken einer analogen Uhr im Herd zu hören. Im oberen Badezimmer stand ein Oberlicht auf kipp, und der leichte Windhauch bewegte in sanften Wellen den ockerfarbenen Vorhang. Die Eingangstür stand noch einen Spalt offen, der Schlüssel baumelte im Loch. Im Schlafzimmer bewegte sich nichts. Stillleben. Das ganze Haus erzitterte plötzlich unter einem durchdringenden Schrei.

7

Adriano trommelte mit seinen Fingern auf das Lenkrad im Takte des Beats, der aus dem Radio kam. Sein rechter Fuß wippte den gedachten Bass dazu, als er seine Tante aus dem Haus kommen sah. Sie zog ihren Schlüssel aus der Tür und ließ diese ins Schloss fallen. Dann lief sie auf den VW zu. Lediglich ihre Handtasche hielt sie fest in ihrer Faust, vom Werkzeugkasten keine Spur. Martha sprang auf den Beifahrersitz und knallte die Tür zu.

»Los, beeil Dich!«

»Was ist denn mit Dir los? Bist Du unter die Kellerkinder geraten? Du bist ja dreckig wie Sau!«

Martha schrie: »Gib Gas, los!!«

Adriano zündete den Wagen, zog die Handbremse an und drehte sich auf dem Kies mit viel Gas auf der Stelle, bis die Wagenfront in Richtung Ausfahrt zeigte. Dann fuhr er los.

»Zurück zu Dir?«

»Zum Flughafen, mach schnell. So schnell Du kannst.«

»Zum Flughafen?? Was denn für ein Flughafen?«

»Da Vinci natürlich. Kennst Du noch einen? Gib Gas, Junge, bitte, gib Gas!!«

In dem Moment erreichten sie die T-Mündung zur Viale Garibaldi, auf der Adriano nach alter Gewohnheit rechts abbiegen wollte, um den normalen Weg in den Nordosten Roms zu nehmen. Aber er reagierte sofort und riss den Wagen mitten auf der Straße herum in die westliche Richtung. Ein Kleintransporter, der auf der Gegenspur von Osten kam, musste abbremsen, um einen

Zusammenstoß zu vermeiden und begleitete das Manöver natürlich mit einem anhaltenden Hupkonzert. Adriano kümmerte sich nicht darum, sondern beschleunigte den Wagen auf der Küstenstraße so schnell es dieser hergab. Martha hörte kein Hupen. Eigentlich wären beide Fahrtstrecken infrage gekommen. Aber Adriano hatte sich kurzfristig anders entschlossen. Um diese Tageszeit auf den Ring zu fahren, es war inzwischen später Nachmittag, wäre Wahnsinn gewesen. Dichtester Berufsverkehr. Zäh fließend, wenn man Glück hat.

Also nahm Adriano die Strecke nach Westen, um den ganzen Lago di Bracciano herum bis nach Bracciano selbst. Von dort über die Landstraße bis zur A12, die Autostrada entlang der Mittelmeerküste. Sie führte von Norden her an den Flughafen heran, und man musste erst kurz vor dem Flughafen auf die A91 wechseln. Dieses letzte Stück könnte um diese Zeit noch einmal kritisch werden, aber die Fahrt bis dahin dürfte recht flüssig vonstattengehen.

Für Martha dauerte es eine Ewigkeit, für sie war es die scheinbar langsamste Autofahrt ihres Lebens. Sie konnte kaum ruhig sitzen bleiben, bewegte sich ständig hin und her oder ruckelte mit ihrem Oberkörper vor und zurück, als wolle sie dem alten VW, wie einem Schlitten, mehr Schwung geben. Martha warf immer wieder einen Blick auf den Tacho und seufzte. Der blaue Teppich des Mittelmeeres, der am Horizont an ihrem Beifahrerfenster vorbeizog, schien sich überhaupt nicht zu bewegen, und immer wieder musste Adriano den Wagen auf die rechte Fahrspur lenken, weil schnellere Fahrzeuge hinter ihm aufblinkten und hupten. Und das, obwohl Adriano schon 140 km/h fuhr, während auf der A12, wie überall in Italien, nur 120 erlaubt waren.

Am Ende der A12 wechselte er endlich auf die A91, und von nun an ging es noch langsamer. Einen Stau hatten sie zwar nicht, aber der dichte Verkehr in Richtung Flughafen zwängte die einzelnen Fahrzeuge in eine langsame, 60 km/h fahrende, Kette.

»Oh Gott, oh Gott, oh Gott«, entfuhr es Martha immer wieder. Ab und zu warf sie einen Blick auf ihre Handtasche, die im Fußraum lag, nur um sich zu vergewissern, dass sie noch da ist.

Eine 250-Millionen-Euro-Handtasche.

Endlich erreichten Sie die Ausfahrten auf das Flughafengelände. Die Fahrspur teilte sich bald an einer Gabelung.

»Ankunft oder Abflug, Tante?«

»Abflug! Abflug!«

Adriano steuerte den Wagen in die rechte Bahn und fuhr an einer schier endlosen Kolonne wartender Taxen vorbei, bis er endlich an der Gebäudefront mit den vielen Eingangstüren ankam. Natürlich waren nirgendwo Halte- geschweige denn Parkmöglichkeiten für Nicht-Taxen vorgesehen.

»Halt an!«

»Hier??«

»Ja doch! Halt an und lass mich einfach raus. Fahr ins Parkhaus und warte auf mich. Ich zahle.«

Adriano bremste ab, und sofort schwoll das unausweichliche Hupkonzert hinter ihm an. Martha kümmerte es nicht. Sie schnappte sich ihre Handtasche, sprang aus dem Wagen und rannte los. Mit dem ganzen Schwung preschte sie durch eine der Schwingtüren und stürmte in die Abfertigungshalle des Flughafens. Hektisch schaute sie sich um auf der Suche nach einer Anzeigetafel oder einem Monitor. Weiter hinten erkannte sie drei Reisende, die vor einem Monitor standen. Sie lief los. Der Hall ihrer Laufschritte war in der ganzen Halle zu hören. Vor dem Monitor kam sie nicht rechtzeitig zu stehen und rempelte einen der Männer zur Seite.

»Scusi ... scusi«, murmelte sie nur und fuhr mit ihrem Finger die Flugreihen auf dem Monitor ab. Neapel. Prag. Wien. Mailand. Frankfurt. Da! Frankfurt. Lufthansa-Flug 3847. 18.10 Uhr. Gate 36.

Sie schaute auf die Uhrzeit. 17.57 Uhr.

Wo ist Gate 36? Sie entschied sich einfach für eine Richtung und rannte los. Dann erkannte sie ein Schild, das an der Decke hing. 'Zu den Gates' und ein Pfeil nach rechts. Fast wäre sie ausgerutscht, als sie auf dem gefliesten Untergrund die Kehrtwende vollzog. Sie rannte den Gang hinunter, so schnell sie konnte. Gate 47. Gate 46. Gate 45. Immer wieder musste sie Menschen mit Gepäck ausweichen. Gate 42. Gate 41. Gate 40. Sie rempelte beim Vorbeilaufen eine dicke Frau mit Hut an. Flüche verfolgten sie. Gate 39. Sie kam aus der Puste. Wurde langsamer. Gate 38. Gate 37. Endlich. Neben einer großen Panoramafront aus Glas erreichte sie Gate 36.

Sie erkannte das Fließband zur Durchleuchtung des Gepäcks und den großen Detektor, das Durchgangstor daneben. Sicherheitsleute in blauen Uniformen standen dort und unterhielten sich.

Passagiere waren nicht zu sehen.

Über dem Durchgang zum Gate 36 war eine Anzeige mit der Flugnummer 'LH 3847', dem Ziel 'Frankfurt' und der Zeitangabe: 18.03 Uhr.

Sie rannte auf einen der Uniformierten zu und versuchte diesen anzusprechen. Sie war außer Atem.

»Bitte ..., Signore ..., bitte ...«

Sie legte ihre Hände auf die Hüften und beugte sich vor, um einmal ruhig durchzuatmen.

»Ein Mann ... in der Maschine ...«

Sie schnaubte.

»Ich muss ihm was sagen. Bitte!«

Der Sicherheitsmann sah sie freundlich an.

»Scusi, Signora.«

»Bitte!« Ihre Stimme wurde flehentlich.

»Selbst, wenn ich wollte, Signora, aber die Maschine hat sich schon von der Gangway abgekoppelt und befindet sich schon auf der Bahn.«

Martha keuchte.

Der Mann legte ihr die Hand an die Schulter und drehte sie sanft zur Seite.

»Schauen Sie, Signora. Sie können es sehen, hier, durch die Panoramafenster.« Mit diesen Worten schob er sie vorsichtig zu der großen Glasfront. Die Maschine mit dem Kranich hatte sich von der Gangway gelöst und bewegte sich langsam rückwärts. Am Ende des Vorplatzes schwenkte sie um und fuhr vorwärts auf die Zubringerbahn. Martha presste ihre schweißnasse Hand gegen die Scheibe. Ihr Flüstern war Ausdruck purer

Verzweiflung:

»Giovanni ...«

»Signora?«

Der Mann in der Uniform stand noch immer neben ihr. Martha antwortete nicht.

»Signora, sehen Sie ...«

Der Sicherheitsmann zeigte auf eine Aussichtsplattform zu ihrer Rechten, einige Meter höher gelegen. Dort oben stand etwa eine Handvoll Menschen, einige davon hatten Ferngläser. Sie beobachteten die startenden und landenden Maschinen.

Der Sicherheitsmann ging einige Meter voraus und öffnete eine gläserne Tür in der Fensterfront, hinter der eine Außentreppe mit nur wenigen Stufen auf die Plattform führte. Martha löste sich langsam von der Scheibe und steuerte auf den Mann zu, der die Türe immer noch für sie offen hielt. Finger für Finger verblasste der feuchte Abdruck ihrer Hand langsam auf dem Glas. Dann verschwand er gänzlich.

Martha stieg die wenigen Stufen bis zur Aussichtsplattform empor. Dort angekommen lehnte sie sich an die Brüstung und suchte die Lufthansa-Maschine, in der Jens Karlson saß. Das Flugzeug war inzwischen auf der Startbahn an- und dort zum Stillstand gekommen. Als Passagier mochte sie diesen kurzen Moment. Die letzten spannenden Sekunden, bevor dieser ungeheure Schub einsetzte.

Dann gab der Pilot Gas. Die Maschine beschleunigte und wurde schneller und schneller. Martha folgte der Fahrtrichtung mit ihrem Kopf. Plötzlich senkte sich das

Heck der Maschine, und die Nase richtete sich auf. Wie an einer langsamen Schnur gezogen verloren die Reifen den Bodenkontakt, und die Maschine hob ab. Martha folgte ihr mit den Augen. In einer bestimmten Höhe wurde das Fahrwerk eingefahren, und das Flugzeug stieg höher und höher. Martha musste bereits ihren Kopf in den Nacken legen, um noch sehen zu können, wie Jens Karlson durch die tief hängenden Wolken stieß und im Himmel von Rom verschwand.

Sie blieb noch sehr lange auf der Aussichtsplattform stehen. Die Menschen um sie herum kamen und gingen. In ein paar Tagen, da war sich Martha sicher, würde sie mit Giovannis Testament Signore Castellani aufsuchen. Was sie jedoch von diesem Tage an nie wieder aufsuchte, war Giovannis Grab.

Denn das war für sie fortan leer.

Bonus:

Thomas Dellenbusch

Der Nobelpreis
M y s t e r y

Anmerkung des Verfassers:

Diese Erzählung verfügt über eine ganz spezielle
Eigenschaft. Diese wird Ihnen nach der Lektüre
auf der letzten Seite erklärt.

1

Professor Otto Bendner vom europäischen Kernforschungszentrum CERN klopfte sein Manuskript auf der Tischplatte zurecht. Dann erhob er sich und steuerte auf das Rednerpult zu.

In zwei Tagen, traditionell am 10. Dezember, würde er vom schwedischen König die Urkunde und die Medaille überreicht bekommen, die ihn als Nobelpreisträger für Physik auszeichneten. Auch wenn er an diesem Tag nervös sein würde, so war das doch der einzige Termin in der ganzen Woche, auf den er sich freute. Damit gehörte er zu einem erlesenen Kreis berühmter Wissenschaftler. Er würde dann in einem Atemzug zu nennen sein mit Conrad Röntgen, Marie Curie, Albert Einstein oder Max Planck. Aber auf den Rest der sogenannten Nobelwoche würde er liebend gerne verzichten.

Rund um die Preisverleihung im Konserthuset hatten die Schweden eine ganze Reihe von Veranstaltungen etabliert. Den Anfang machten heute die Vorlesungen. Nach den Statuten der Nobelstiftung sollen die Preisträger für Physik und Chemie sowie der Gewinner des inoffiziellen Wirtschaftspreises am 8. Dezember eine Vorlesung über ihre Arbeit in der Aula Magna der Universität Stockholm halten. Das Unangenehme daran war für Otto Bendner, dass kein Fachvortrag erwartet wurde, sondern vielmehr ein für Laien verständlicher, am besten noch humorvoller Blick auf die eigene Arbeit, die Karriere und die eigenen Mitarbeiter.

So etwas lag ihm nicht.

Außerdem fand er auch keinen wirklich humorvollen Zugang zu seiner Arbeit, weil sein Projekt seit der Veröffentlichung weltweit in der nichtwissenschaftlichen Presse heftig kritisiert wurde. Auch graute ihm vor dem an die Preisverleihung anschließenden Bankett im Blauen Saal des Stadshuset. Am Ehrentisch des Banketts würden natürlich die Preisträger sitzen, aber auch die königliche Familie, hohe Repräsentanten der Nobelgremien sowie Ehrengäste jener Länder, aus denen die Preisträger kamen. Wegen Bendner war beispielsweise der deutsche Botschafter in Schweden an den Ehrentisch geladen worden.

Nach dem Bankett würde in den Goldenen Saal zum Tanz gebeten. Allein das schon fürchtete der 60jährige Physiker mit den kurzen stämmigen Beinen und der rundlichen Figur. Und er, der sich während seiner Arbeitszeit im Forschungszentrum in weichen, roten Rollkragenpullovern am wohlsten fühlte, würde sich an diesem Tag in einem engen Smoking bewegen müssen.

Doch damit nicht genug.

Denn nach dem Tanz bittet die schwedische Studentenvereinigung traditionell noch zu einem aufwendigen Fest, bei dem die Preisträger zu allem Überfluss auch noch ihre Sangeskünste unter Beweis stellen müssen. Darüber hinaus ist jede einzelne Minute dieser Nobelwoche mit Veranstaltungen vollgestopft. Schulbesuche, Pressetermine, Besichtigungen.

Am 13. Dezember, dem letzten Tag der Nobelwoche, war zugleich das Luciafest, zu dem Kinder frühmorgens eine Prozession mit Kerzen veranstalteten, um die Preisträger eben dadurch zu wecken. Auf all das würde Otto Bendner gerne verzichten. Möglicherweise wäre er sogar bereit gewesen, auf die gut eine Million Euro Preisgeld zu verzichten, wenn man ihm diesen ganzen Rummel hätte ersparen können.

Nun hatte er hinter dem Rednerpult Stellung bezogen und räusperte sich. Die Aula war zum Bersten gefüllt. Auch die anwesenden Mitglieder der Nobelstiftung konnten sich nicht an einen derartigen Andrang von Professoren, Studenten und Journalisten erinnern.

Die jüngsten Entdeckungen im LHC, dem größten Teilchenbeschleuniger der Welt, waren so ungeheuerlich, dass Bendners Vorlesung allseits mit höchster Spannung erwartet wurde. Der Projektleiter am LHC sah auf sein Manuskript und dann noch einmal in die Runde der Versammelten. Dann begann er seine Vorlesung auf Deutsch.

»Sehr geehrte Damen und Herren, verehrte Kollegen,

beginnen wir mit einem ganz konkreten Ergebnis meiner Arbeit. Seit wir im Frühjahr unsere neuesten Resultate veröffentlichten, ertrinke ich in Aufmerksamkeit. Das CERN wird rund um die Uhr von Fernsehteams einerseits und Demonstranten andererseits belagert. In den letzten Monaten mehrt sich eine immer bedrohlicher werdende Kritik auch in der seriösen Presse und sogar aus maßgeblichen Regierungskreisen der am CERN beteiligten Staaten.«

Er ließ seine Worte für einen Moment in der Luft stehen. Dann fuhr er fort.

»Schon vorher existierten Hunderte Bürgerinitiativen, die unsere Versuche zu verhindern trachteten, weil sie die Erzeugung von kleinen schwarzen Löchern befürchteten. Wie Sie wissen, haben wir bei den bisherigen Teilchenkollisionen tatsächlich sogenannte Mikro-Schwarze-Löcher nachweisen können. Aber ich kann Sie beruhigen. Diese werden die Erde nicht verschlingen. Ihre Masse ist dafür zu klein. Ihre Größe bewegt sich im Bereich von Elementarteilchen. Außerdem verstrahlen sie schneller, als dass sie eine auch nur annähernd kritische Masse aufbauen könnten. Sie sind nicht vergleichbar mit ihren großen kosmischen Kollegen. Die Panik und der Aufruhr der letzten Monate sind diesbezüglich völlig unbegründet.
Begründet dagegen sind das Staunen, das Interesse, ja sogar die Euphorie, die uns seitens der wissenschaftlichen Fachwelt entgegengebracht werden. Denn nicht allein die Erzeugung

schwarzer Löcher bei Teilchenkollisionen ist das eigentlich Aufregende. Vielmehr stellen die physikalischen Gesetze, unter denen sie erzeugbar sind und die mit ihrer Existenz verbundenen Phänomene unser bisheriges Standardmodell der Physik auf den Kopf und beweisen stattdessen parallele oder ergänzende Theorien, wie beispielsweise die Stringtheorie.«

Bendner schob die bereits verlesenen Blätter seines Manuskripts unter den Stapel und setzte bei dem nächsten an.

»Was den ersten Punkt angeht, müssen Sie wissen, dass mikroskopische schwarze Löcher nach dem bisherigen physikalischen Kenntnisstand eigentlich überhaupt nicht existieren, demzufolge auch nicht erzeugbar sein dürften, weil die untere Grenze für die Masse eines schwarzen Loches mithilfe der im LHC maximal zu erzeugenden Kollisionsenergie nicht einmal annähernd erreicht werden kann.
Also stellt sich die Frage, wieso die kleinen Dinger trotzdem entstehen. Einem theoretischen Modell zufolge können sie in dieser minimalen Größe nur dann entstehen, wenn, und das betone ich besonders, wenn wir von der Existenz weiterer Raumdimensionen ausgehen, wie es die Stringtheorie tut. Es müssen also neben den uns bekannten drei Raumdimensionen noch weitere existieren. Aber damit nicht genug. Diese Extradimensionen alleine ermöglichen das Entstehen dieser Mikrolöcher nur dann, wenn sie sich in ihrer Ausdehnung über die sogenannte Planck-Länge hinaus dehnen. Aber auch das war nach den bekannten Formeln unmöglich.
Das Rätsel löste sich erst, als wir in unseren

Nachberechnungen darauf stießen, eine bestimmte Konstante innerhalb der Plancklängen-Berechnung zu überarbeiten, um nicht zu sagen zu korrigieren. Inzwischen sind unsere Berechnungen von nahezu allen Instituten weltweit als zutreffend geprüft und bewertet worden.

Mit anderen Worten: Uns ist der Nachweis gelungen, dass es neben den uns bekannten drei Raumdimensionen noch weitere gibt. Ohne die Vergabe des Nobelpreises an mich nun selbst rechtfertigen zu wollen, darf ich Ihnen dennoch sagen, dass alleine dieser Nachweis eine physikalische Sensation darstellt und unser Weltbild auf den Kopf stellt.

Ich nehme allerdings an ...«

Er hob seinen Kopf und blickte in die Gesichter seiner Zuhörer, die ihm bis dahin gebannt gelauscht hatten und nun der kommenden Ausführungen harrten.

»...dass Sie nach den bisherigen Zeitungsmeldungen vielmehr auf den zweiten Teil unserer Erkenntnisse gespannt sind. Ich will Sie auch nicht länger auf die Folter spannen. Die Auswertungen der Daten bei den ersten Protonenkollisionen vor über zwei Jahren zeigten, dass im Kollisionszentrum sogenannte Myonen entstehen. Das hatten wir auch erwartet. Was wir nicht erwartet hatten, war, dass im Kollisionszentrum eben auch ein kleines schwarzes Loch entsteht, das diese Myonen wieder einfängt, bevor es selbst durch die eigene Hawkingstrahlung vergeht.

Was wir noch weniger erwarteten, war das Phänomen, das uns nun nach seiner Veröffentlichung die Fernsehteams und die Demonstranten vor dem CERN-Gelände beschert:

Die negative Lebenszeit der Myonen.«

Von den jüngsten Versuchen mit anderen Teilchen, die sein Team im LHC hat kollidieren lassen, erwähnte Bendner in seiner Vorlesung nichts. Die Ergebnisse waren noch zu ungewiss, und sie waren auch nicht Bestandteil seiner veröffentlichten Arbeit, für die er in zwei Tagen den Nobelpreis erhalten würde. In seiner Vorlesung in der Aula Magna erläuterte er nur die Phänomene, die bei Protonenkollisionen zu beobachten gewesen waren.

»Zunächst war es uns nicht ins Auge gesprungen, weil die Computeranimation der von uns gemessenen räumlichen Verteilungsdaten den Anschein erweckte, als flögen die bei der Kollision entstandenen Myonen vom Kollisionszentrum weg, bevor sie von dem ebenfalls entstandenen schwarzen Loch wieder eingefangen wurden. Bei einer genaueren Kontrolle der tabellarischen Daten jedoch stellte sich heraus, dass das schwarze Loch die Myonen eingefangen hatte, bevor diese überhaupt erst entstanden waren. Wenn Sie so wollen, starben sie zuerst, wurden dann eingefangen und schlussendlich geboren. Obwohl sie sich im Raum vorwärts zu bewegen schienen, bewegten sie sich in der Zeit rückwärts.«

In der Aula wurde es merklich unruhiger. Bendner vermied eine Pause und sprach schnell und etwas lauter weiter.

»Wie Sie wissen, wird laut Relativitätstheorie die Raumzeit durch eine Beschleunigung oder aber durch Schwerkraft, also

Gravitation, gekrümmt, so dass die Zeit innerhalb des Krümmungshorizontes langsamer vergeht als außerhalb. Eben relativ vom jeweiligen Standort aus gesehen. Dieses Phänomen war uns bisher als die sogenannte gravitative Zeitdilatation bekannt. Was wir nun mit unseren Versuchen im LHC entdeckt haben, damit hat kein Physiker der Welt ernsthaft gerechnet. Ich gehe noch einen Schritt weiter. Auf diese Idee ist überhaupt niemand gekommen. Weil das von uns beobachtete Phänomen ebenfalls nur durch die Existenz der Extradimensionen erklärbar wird. Und nun warten Sie auf die Erklärung, richtig?«

Gemurmel.

»Die Gravitation des entstandenen schwarzen Loches, besser gesagt seine Gravitonenwolke, durchdringt auch die Extradimensionen und krümmt die Raumzeit, bis diese ihren Scheitelpunkt überwindet. Die Zeit wird innerhalb des Ereignishorizontes so stark verlangsamt, dass sie sich nach Überwindung ihres Scheitelpunktes umkehrt. Sie können sich das am einfachsten so vorstellen, als rolle sich die Raumzeit sozusagen auf. Oder so, als stülpten Sie eine Socke auf links.«

Gelächter.

»Dieser Effekt betrifft allerdings nur einen relativ kleinen Radius im Raum, je nach Gravitationsfeld des Loches, im Falle unserer Versuche einen Radius in der Mikroebene von der Größe einer Elementarteilchenwolke. Und er wirkt auch nur für die kurze Zeit, in der das Loch existiert. Wir reden hier über *wenige Nanosekunden. Nichtsdestotrotz ist es mit Verlaub eine Sensation. Eine, die über den Nachweis weiterer Raumdimensionen noch hinausgeht. Ich habe diesen Effekt in meiner Arbeit als reziproke Krümmung der gravitativen Zeitdilatation bezeichnet. Dieses Umstülpen der Raumzeit in allen Raumdimensionen innerhalb des Ereignishorizontes führt dazu, dass die Teilchen, in dem Fall die Myonen, sich weiterhin im Raum vorwärts bewegen können, während sie sich in der Zeit rückwärts bewegen.*

Um Ihnen den Effekt der reziproken Krümmung der Zeitdilatation begreifbarer zu machen, übertragen wir ihn einmal zum Spaß in die Makroebene. Stellen Sie sich vor, der Effekt beträfe die gesamte Aula, in der wir uns gerade befinden. Sie würden feststellen, dass Sie hier in der Aula diesen Mittwoch ganz normal erleben. Sie würden sich normal unterhalten, von einem Punkt des Raumes zum anderen gehen, Gegenstände aufheben und wieder ablegen, und Sie würden sich am Ende des Tages schlafen legen. Aber am nächsten Tag wäre es nicht Donnerstag, sondern Dienstag.«

Stille.

»Abgesehen von der wissenschaftlichen Tragweite unserer Entdeckungen stellt die Weltpresse gerne die Frage nach der Nützlichkeit, die Frage nach der praktischen Anwendbarkeit. Ich will offen zu Ihnen sprechen. Ich weiß noch nicht, in welchen konkreten Nutzen wir diese Erkenntnisse eines fernen Tages verwandeln können, aber diese Vorlesung heute soll nach dem Wunsch der Nobelstiftung ja bewusst kein Fachvortrag sein. Heute dürfen wir durchaus auch ein wenig spinnen.

Vielleicht gelingt es uns eines Tages, den Effekt der reziproken Zeitdilatation auch in einem gewissen Radius außerhalb des Beschleunigerrings auftreten zu lassen. Ich bin zwar kein Mediziner, aber dann wäre es vielleicht denkbar, damit zu erreichen, dass sich Tumore zurück entwickeln.

Und bei der Gelegenheit lassen Sie mich Ihnen auch sagen, dass zukünftige Teilchenbeschleuniger, die dann eventuell für eine solche medizinische Anwendung gebaut werden, überhaupt nicht so groß sein müssen wie unser LHC. Ich arbeite jetzt seit einigen Jahren damit. Er ist der größte Teilchenbeschleuniger der Welt mit einer Gesamtlänge von 27 Kilometern. Und die 9.300 Magnete, die er benötigt, sind so groß wie Lastwagen. Diese gigantischen Ausmaße sind nur erforderlich, weil wir mit dem LHC beobachten wollen, was in ihm passiert. Das ist leicht einzusehen. Je kleiner die Teilchen sind, die es zu beobachten gilt, desto größer müssen nun einmal die eingesetzten Mikroskope sein. Der LHC ist nicht deswegen so groß und lang, weil wir für die Beschleunigung diese lange Strecke bräuchten oder weil die Magnete so groß sind. Nein!

Alles ist nur deswegen so groß, weil wir so große Mikroskope in den Detektoren brauchen. Wenn wir aber irgendwann einmal die in einem Beschleuniger erzeugten Teilchenkollisionen nicht mehr beobachten müssen, weil wir ihren Ablauf kennen und kontrollieren können, dann gäbe es keine Mikroskope mehr in den Beschleunigern, und die Beschleuniger könnten deutlich kleiner sein.

Erinnern Sie sich an die Evolution der Computer. In seiner Anfangszeit füllte die Größe eines einzelnen Computers ein ganzes Kellergeschoss, was den damaligen IBM-Chef Thomas Watson zu der denkwürdigen Annahme verleitet haben soll, es gäbe weltweit vielleicht einen Markt für fünf Computer. Heute stecken Sie Geräte mit einer millionenfach höheren Rechenleistung bequem in Ihre Handtasche. Oder denken Sie an die ersten Mobiltelefone. So groß wie ein Aktenkoffer. Und heute sind sie kleiner als eine Zigarettenschachtel. Ich denke, wenn Teilchenbeschleuniger einmal keine Forschungsanlagen mehr sind, sondern Anwendungsgeräte, somit also die Mikroskope entfallen und wir die Strahlung abschirmen und eine entsprechend kleine und starke Magnettechnologie entwickelt haben, dann könnte ich mir sogar tragbare Teilchenbeschleuniger vorstellen, die nicht größer sind als ein Autoreifen.«

Vereinzelt hörte er leise Pfiffe durch die Zähne. Das Wichtigste war gesagt. Professor Bendner schloss seinen Vortrag mit ein paar Anekdoten aus seinem Arbeitsalltag und natürlich mit einer gebührend lobenden Erwähnung seiner wichtigsten Mitarbeiter. Es blieb natürlich nicht aus, dass er im Anschluss von fragenden Journalisten umlagert und bedrängt wurde, bevor sein Kollege aus der Chemie mit seiner Vorlesung beginnen konnte.

Bendner war froh, als er am Abend ins Hotel zurückgebracht wurde. Die Nobelpreis-Gewinner wurden traditionell im Stockholmer Grand Hotel untergebracht. Bendner hatte eine Suite im Nordflügel des Hauses zugeteilt bekommen mit Blick auf den Kungsträdgarden. Als er die Rezeption betrat, wurde er von der blonden Rezeptionistin in einwandfreiem Deutsch angesprochen.

»Professor Bendner?«

Er ging auf sie zu.

Sie hielt ihm eine Visitenkarte entgegen.

»Da ist ein Herr in der Bar, der Sie gerne sprechen möchte.«

»Mich?«

Bendner nahm die Visitenkarte entgegen und warf einen Blick darauf. Sofort erkannte er das Design und das Logo. Eine Visitenkarte vom CERN. Ein Kollege also. Er las den Namen. »Dr. John Matthew – Abteilung 17« Dann steuerte er die Bar an. Bis auf den Barkeeper hinter der Theke war jedoch niemand zu sehen. Auf einem der Tische stand aber ein angetrunkenes Glas Orangensaft. Er ist wahrscheinlich auf der Toilette, dachte sich Bendner, bestellte sich einen hierzulande sündhaft teuren Martini und setzte sich an eben jenen Tisch mit dem Orangensaft und wartete.

»Guten Abend, Professor.«

Neben ihm stand plötzlich ein Mann von etwa 40 Jahren. Er war groß und hager, trug eine dünne Brille mit einem schmalen, futuristischen Plexiglasgestell, und sein dunkles Haupthaar war so kurz geschoren wie sein Dreitagebart.

Bendner stand auf und begrüßte ihn.

»Guten Abend, Dr. Matthew, Sie sind auch eingeladen worden?«

Die beiden Männer nahmen Platz.

»Nein, Professor, ich bin nicht auf Einladung der Nobelstiftung, sondern auf Kosten des CERN hier, um Sie zu begleiten. Meine Gratulation übrigens an dieser Stelle zum Nobelpreis.«

»Danke schön. Mich begleiten?«

»Ja, und zwar von heute an ungefähr die kommenden zwei Jahre.«

Otto Bendner sah seinen Kollegen überrascht an. Matthew erläuterte ihm sein Anliegen:

»Kurz nachdem Sie Ihre Arbeit in »Astronomy & Astrophysics« veröffentlicht haben, bin ich zur Abteilung 17 versetzt worden. Schon mal davon gehört?«

Bendner schüttelte den Kopf.

»Die 17 gehört zur Verwaltung und dokumentiert alle Vorgänge im CERN. Ich arbeite für das zweite Ressort. Es ist für die geschichtswissenschaftliche Dokumentation zuständig. Was ich sagen will: Ich bin beauftragt worden, Ihren Werdegang, vor allem aber den Ihrer Arbeit für die wissenschaftliche Geschichtsschreibung festzuhalten.«

»In meiner Arbeit ist alles dokumentiert. Und wie es sich gehört mit Zwischenergebnissen, Entwicklungen und Berechnungen. Mit allen Anlagen. Brauchen Sie nur abzuheften. Was wollen Sie noch?«

»Das ist es ja gerade, Professor. Das haben wir alle, auch die Universitäten, jahrzehntelang gemacht. Arbeiten abheften. Für die Geschichtsschreibung ist jedoch viel mehr interessant als das. Fänden Sie es nicht außerordentlich spannend, heute noch einmal die Chance zu haben, Einstein bei seiner Arbeit persönlich begleiten zu können? Ihn direkt fragen zu können, wie er auf diese oder jene Idee gekommen ist? Für die Geschichtsschreibung sind nicht ausschließlich die nüchternen Berechnungen Newtons interessant, sondern die Szene, in der der Apfel vom Baum fällt, verstehen Sie?

Aus dieser Erkenntnis heraus haben wir kürzlich dieses Ressort ins Leben gerufen, und meine Arbeit wird darin bestehen, Sie noch länger bei Ihrer Arbeit zu begleiten und zu befragen, um für spätere Generationen sozusagen die Bendner'schen Apfelszenen festzuhalten. Immerhin sind Sie ja nicht mehr irgendein Wissenschaftler. Sie sind Otto Bendner, der Nobelpreisträger. Der Mann, der den Bendner-Effekt bei der gravitativen Zeitdilatation entdeckt und nachgewiesen hat. Eine Berühmtheit, von der man noch in hundert Jahren mehr wissen will, als nur seine abgehefteten Berechnungen. Und diesem Ziel hat sich unser gemeinsamer Arbeitgeber mit der Einrichtung des Ressorts 17-2 verpflichtet. Ich bin quasi in nächster Zeit zwar nicht Ihr Mitarbeiter, aber Ihr persönlicher Wissenschaftsbiograf.«

Auch wenn es Professor Bendner störte, dass dieser Mann ihm mit seinem Auftrag die nächsten Jahre im Wege herumstehen wird, so fühlte er sich dennoch geschmeichelt. Es stimmte schon. Seine Entdeckung wird das Verständnis über die Welt so sehr verändern wie Einsteins Relativitätstheorie. Es gab inzwischen über 100 Physik-Nobelpreisträger, aber an wen erinnern sich auch Laien noch in einhundert Jahren? An Albert Einstein. Und an ihn selbst wird man denken, Otto Bendner. Die öffentliche Aufmerksamkeit, die ihm seit Monaten zuteil wurde, war enorm. Und tatsächlich, die Geschichte interessierte sich nicht alleine nur für Einsteins Relativitätstheorie, sondern vor allem für Einstein selbst. Die Bedeutung seiner Entdeckung ging weit über den zu dokumentierenden Inhalt seiner schriftlichen Arbeit hinaus. Die beiden Wissenschaftler saßen eine Zeit lang schweigend am Tisch und beobachteten, wie sich die Bar langsam mit weiteren Gästen füllte. Dann ergriff der frischgebackene Geschichtsforscher wieder das Wort.

»Ihre Vorlesung hat mir gut gefallen. Sie haben noch mehr Fantasie als die ganzen versammelten Star-Trek-Journalisten.«

»Star-Trek-Journalisten?«

»Ja, Sie wissen schon, mit welcher Sensationsgier die Presse wissenschaftliche Entdeckungen aufzubauschen pflegt. Entdecken Astronomen einen Himmelskörper in einer klimatisch bevorzugten Entfernung von seinem Stern, so schreiben sie »Zweite Erde entdeckt«. Als vor ein paar Jahren erkannt wurde, dass Zwillingsteilchen an verschiedenen Orten gleichzeitig ihre Ladung ändern können, verstiegen sie sich sogar zu der Überschrift »Wissenschaftler entdecken das Beamen«. Diese Art von Journalismus meine ich.«

»Ich verstehe. Darf ich Ihre Respektsäußerung meine Fantasie betreffend nun als Kompliment oder als Beleidigung verstehen?«

Die beiden Männer lachten und prosteten sich zu.

»Auf gute Zusammenarbeit.«

2

Als die warmen Sonnenstrahlen des jungen Sommers sein Büro fluteten, saß Professor Bendner über den Resultaten der letzten Kontrollversuchsreihe. Er stützte den Kopf auf seinen rechten Ellenbogen und blätterte mit der anderen Hand durch die ihm vorliegenden Tabellen, Berichte und Grafiken. Immer wieder unterbrach er die Lektüre, lehnte sich zurück und starrte nachdenklich an die Zimmerdecke, um sich dann wieder Notizen an den Rand der Blätter zu machen. Er wollte die Blätter gerade zusammenschieben, um seine Notizen mit seinem Team zu besprechen, als Dr. Matthew anklopfte und sein Büro betrat.

»Ihr Name ist tatsächlich jetzt schon unsterblich, Professor«, platzte er heraus und knallte ein Bündel wissenschaftlicher Journale auf den Tisch.

»Ihre Arbeit schlägt hohe Wellen. Und ausnahmslos alle Autoren und Kommentatoren haben sich darauf geeinigt, die reziproke Krümmung der gravitativen Zeitdilatation den »Bendner-Effekt« zu nennen. Darf ich Sie dazu beglückwünschen?«

Der Professor sah an dem jüngeren Kollegen hoch.

»Setzen Sie sich, Matthew.«

Der Doktor setzte sich Bendner gegenüber und sah ihm erwartungsfroh in die Augen. Bendner deutete mit einem Kopfnicken auf den Papierstapel mit den neuesten Ergebnissen.

»Er zeigt sich sogar außerhalb der Versuchsanlage.«

»Was meinen Sie?«

»Wir haben es mit schweren Blei-Ionen gemacht. Die Masse, und damit auch die Gravitationsreichweite der Mikrolöcher ist somit höher. Hier ...«

Professor Bendner reichte seinem Kollegen eine Tabelle mit den Daten der Myonen, die im Zentrum einer solchen Kollision von Blei-Ionen entstanden waren. Dabei tippte er mehrmals mit dem Zeigefinger auf die Spalten, in der die Lebensdauer der Myonen stand. Dr. Matthew stellte sofort überrascht fest:

»Aber deren Lebensdauer ist ja positiv, Professor.«

»Genau.«

»Sie müsste aber negativ sein.«

»Genau.«

»Und? Haben Sie eine Erklärung?«

»Habe ich.«

Professor Bendner erhob sich von seinem Platz und ging langsam zum Fenster. Er verschränkte seine Arme hinter dem Rücken und schaute in den angrenzenden Park.

»Die Detektoren lagen in der fraglichen Zeit hinter dem Ereignishorizont der Krümmung. In Wirklichkeit ist die Lebensdauer der Myonen natürlich negativ. Da aber auch die Detektoren hinter dem Ereignishorizont lagen, verging die Zeit auch für die Detektoren rückwärts, also quasi in gleicher Richtung wie die der Myonen. Und so haben wir ein umgedrehtes, sprich positives Messergebnis auf der Platte.«

Bendner drehte sich vom Fenster weg und sah Dr. Matthew herausfordernd an. Dann fuhr er fort.

»Lassen Sie mich noch einmal langsam rekapitulieren,

und dann möchte ich von Ihnen hören, ob ich nun anfange, den Verstand zu verlieren oder nicht.

Also: nach der Relativitätstheorie vergeht die Zeit in einem Gravitationsfeld langsamer als außerhalb. Das ist die sogenannte gravitative Zeitdilatation. Nun haben wir bei einer Protonenkollision im LHC entdeckt, dass das starke Gravitationsfeld kurzlebiger Mikro-Schwarzer-Löcher innerhalb eines gewissen Radius die Raumzeit so stark krümmt, dass die Zeit um ihre eigene Achse kippt. Sie wird sozusagen innerhalb dieses Ereignishorizontes auf links gedreht und vergeht rückwärts. Innerhalb dieser gekippten Raumzeit können sich die Teilchen, also die Materie, zwar dreidimensional vorwärts im Raum bewegen, aber zeitlich bewegen sie sich rückwärts. Weil die Zeit innerhalb dieses Raumes rückwärts läuft. Das ist bekanntlich das, was ich in meiner Arbeit als reziproke Krümmung der gravitativen Zeitdilatation bezeichnet habe und was Kommentatoren nun schmeichelhaft den Bendner-Effekt nennen. So weit, so klar, ja?«

Dr. Matthew hatte aufmerksam zugehört und nickte zustimmend.

»Jetzt haben wir es in der letzten Versuchsreihe eben nicht mit Protonen, sondern mit schweren Blei-Ionen gemacht. Und die dabei entstehende reziproke Krümmung hat einen um etwa 32 Größenordnungen weiteren Horizont. So weit, dass selbst die Detektoren außerhalb der Röhre von dem Effekt betroffen waren. So haben die Detektoren eine positive Lebensdauer der Myonen aufgezeichnet, weil sie sich im gleichen Ereignishorizont befanden. Sie haben quasi die rückwärts laufende Zeit als vorwärts laufend gemessen, weil es für sie vorwärts war.«

Bendner ergriff seinen Kollegen bei den Schultern und schüttelte ihn.

»Verstehen Sie? Das ist der Wahnsinn! Da wird mir angst und bange.«

Dr. Matthew packte den Professor an den Unterarmen und unterband damit, weiter durchgeschüttelt zu werden.

»Nun mal langsam, Professor. Was die Detektoren aufgezeichnet haben, ist doch nur das, was nach dem physikalischen Standardmodell ganz normal und natürlich ist. Bei der Kollision sind Myonen entstanden, die eine Zeit lang existierten, bevor sie von dem ebenfalls entstandenen Loch eingefangen wurden. Das, was Sie vor zwei Jahren entdeckt haben, also die negativen Lebenszeiten, das ist doch eigentlich das Unnatürliche. Das, was sich mit dem Standardmodell nicht erklären lässt. Etwas, was wie eine Fehlmessung aussieht. Jetzt bekommen Sie normale, natürliche, nämlich positive Werte und erklären diese jetzt plötzlich für doppelt-reziprok. Denken Sie noch einmal nach. Könnten die Messungen vor zwei Jahren nicht wirklich eine Fehlmessung gewesen sein? Und jetzt machen Sie eine Kontrollversuchsreihe mit Blei-Ionen und bekommen die Werte, die man auch erwarten würde. Genau dafür sind Kontrollversuchsreihen doch da.«

Der Physikprofessor zog seine Arme aus Matthews Griff und ging einen Schritt zurück. Dann sah er Matthew scharf an.

»Sie wissen, dass es keine Fehlmessung war. Ich habe

mit meinem Team jetzt zwei Jahre an dem Nachweis gearbeitet, und wir haben ihn auch erbracht, nachdem uns aufgefallen war, dass eine bestimmte angenommene Konstante in der Berechnung der Plancklängen für die Extradimensionen korrigiert werden musste. Wir haben alles in »Astronomy & Astrophysics« veröffentlicht. Jetzt prüft gerade die ganze wissenschaftliche Welt meine Formel der reziproken Krümmung der gravitativen Zeitdilatation und nennt sie den »Bendner-Effekt«. Und alle jubeln. Warum? Weil die Berechnungen stimmen und die negative Lebenszeit der Myonen eben keine Fehlmessung war.«

Er trat nah an Matthew heran und tippte ihm mehrmals mit dem Zeigefinger auf die Brust.

»Und Sie wissen das, Matthew. Und soll ich Ihnen noch etwas sagen? Manchmal ertappe ich mich dabei, mir zu wünschen, dass irgendein Kollege auf der Welt uns einen Irrtum nachweisen kann. Denn, wenn wir zukünftig in der Lage sein sollten, diese Löcher mit noch schwereren und noch energiereicheren Teilchen herzustellen, dann könnte der Effekt sogar das ganze Zimmer umfassen oder vielleicht sogar noch mehr. Und die Auswirkungen will ich mir gar nicht vorstellen, *Doktor* Matthew.«

Er betonte den »Doktor« besonders stark. Dann nahm er seine Ausdrucke und machte sich daran, sein Team aufzusuchen. In der geöffneten Tür drehte er sich noch einmal zu Matthew um.

»Die jetzigen Werte sind doppelt-reziprok, Doktor. Hören Sie? Doppelt-reziprok!«

Dann ging er. Matthew sprang auf und folgte ihm.

3

Als ein ungewöhnlich kalter Winter die Schweiz in seinem eisigen Griff hatte, machten Professor Bendner und Dr. Matthew einen ausgedehnten und stummen Spaziergang durch die Parkanlagen. Eine dicke Schneedecke verwandelte Bäume und Sträucher in kuriose Skulpturen. Matthew hatte diesen Spaziergang an der frischen Luft vorgeschlagen, nachdem sie sich zuvor im Team die Köpfe heiß geredet hatten. An einer Wegkreuzung brach er das Schweigen.

»Trotz aller Meinungsverschiedenheiten zwischen Dr. Niebaum und Ihnen, Herr Professor, können wir doch trotzdem konstatieren, dass das Ei bald gelegt ist, oder?«

»Ja.«

Bendner brummte etwas Unverständliches vor sich hin.

»Wie bitte?«, hakte sein Kollege nach.

Otto Bendner antwortete:

»Ich bin Niebaum ja auch dankbar. Das will ich nicht verhehlen. Immerhin war es seine Idee, die Konstante zu korrigieren. Ohne diese Korrektur hätten wir es nicht nachweisen können. Er geht mir in seinen voreiligen Rückschlüssen nur zu weit.«

»Nun ja, zum jetzigen Zeitpunkt kann noch niemand sagen, wohin uns das führt, oder? Auch Sie nicht, Professor. Aber wir brauchen Visionen. Sie halten die Fantasie am Leben. Und die meisten Entdecker der Geschichte haben mit einer sprühenden Fantasie ihre Entdeckungen gemacht. Ach, kommen Sie. Finden Sie nicht, dass ein ordentliches Gewitter zwischendurch auch wieder Schwung in die Bude bringt? Ich finde, Sie haben mit Niebaum einen sehr fähigen Vertreter.«

»Ja«, gab Bendner zu, »ohne ihn wären wir jetzt nicht so weit. Und ja, Visionen sind gut für die Arbeit, aber sie gehören nicht in die Endfassung. Da gehören nur nachprüfbare Fakten hinein.«

»Wissen Sie schon, wo Sie demnächst publizieren wollen?«

Der stämmige Professor sah an Matthew hoch.

»Ich habe die Dokumentation so strukturiert, dass es den bekannten Vorgaben von Astronomy & Astrophysics entspricht.«

Matthew lächelte ihn an.

»Sie denken strategisch, Professor. Das gefällt mir.«

Otto Bendner hielt an und schaute hinüber zu den nahen Bergen.

»Und eigentlich funktioniert es nur, weil es die Extradimensionen der Stringtheorie tatsächlich gibt und sie sich über die Plancklängen hinaus dehnen. Das ist die eigentliche Sensation.«

Er drehte sich zu Matthew um.

»Die Gravitonenwolke erstreckt sich über all diese Dimensionen, was zu einer, ich sage mal, reziproken Krümmung der Raumzeit führt und Auswirkungen dann auch auf unsere bisher bekannten drei Dimensionen hat. Mich würde interessieren, ob bei einem schwereren Loch der Ereignishorizont noch weiter geht. Wenn wir eine Kollision mit noch schwereren Teilchen machten, könnte sich der Materieklumpen zu einem größeren Loch komprimieren, und die Krümmung müsste nicht nur in seiner unmittelbaren Nähe messbar sein, sondern auch die anderen auseinander fliegenden Teilchen erfassen.«

Er kratzte sich mit dem dicken Handschuh am Kinn.

»Ich bräuchte einfach mehr Leute«, murmelte er und ging weiter.

4

Der Herbst war besonders verregnet. In diesen Tagen saß Professor Bendner oft mit seinen engsten Mitarbeitern zusammen. Sie trugen die neuesten Ergebnisse und Berechnungen aus ihren jeweiligen Arbeitsgruppen zusammen und diskutierten sie. Es ging darum, die inneren Zusammenhänge verschiedener Phänomene zu finden, um sie in einem einheitlichen Nachweis zusammenführen zu können. Nachdem Dr. Niebaum seine Ansätze zur Berechnung der Extradimensionen vorgetragen hatte, meldete sich Dr. Matthew zu Wort:

»Erlauben Sie mir eine Zwischenfrage, Dr. Niebaum?«

»Natürlich. Bitte sehr.«

»Wenn ich Sie richtig verstehe, dürften so kleine schwarze Löcher nach dem Standardmodell der Physik eigentlich nicht entstehen. Sie entstehen dennoch, wenn man nach der Stringtheorie von der Existenz weiterer Dimensionen ausgeht, die sich aber von ihrer Größe her über die Plancklänge hinaus dehnen müssen, was Ihrer Ansicht nach nicht möglich ist.«

»Nicht möglich will ich nicht sagen. Vielleicht müssen wir die Plancklänge anders berechnen. Aber daran arbeite ich noch.«

»Gut, aber ich wollte eigentlich auf etwas anderes hinaus. Dass sie entstehen, können wir ja beobachten und durch die Hawkingstrahlung auch nachweisen. Was ich gerne wissen möchte, ist, warum sie tatsächlich nicht Stück für Stück alles aufsaugen, wie von der Bevölkerung befürchtet. Ich meine, ihr Gravitationsfeld ist offenbar derart stark, dass es innerhalb seines Radius die Zeit umdrehen kann, aber es scheint nicht so stark, alles aufzufressen.«

Dr. Niebaum wies mit einer Handbewegung auf eine attraktive Mittdreißigerin, die bis dahin noch nichts gesagt hatte.

»Frau Dr. Seite ist für die Technologie der Magnete verantwortlich«, warf Professor Bendner dazwischen.

Nun ergriff die Wissenschaftlerin das Wort, welches ihr von Dr. Niebaum mit seiner Handbewegung übertragen worden war.

»Nun, zum einen sind die Löcher zu klein, um stabil zu sein. Sie verstrahlen zu schnell, bevor sie ausreichend Materie einfangen konnten, um größer zu werden. Zum anderen liegt das auch an dem elektromagnetischen Feld, in dem alles vonstattengeht. Die Quadrupolmagnete des Beschleunigers fokussieren die Teilchen. Magnetismus und Gravitation sind zwar beide anziehend, aber es sind dennoch verschiedene Kräfte. Außer in unmittelbarer Zentrumsnähe des Lochs vermag die Gravitationskraft des Lochs andere Materie nicht aus dem Magnetfeld der Quadrupolmagnete zu ziehen. Die Gravitonenwolke jedoch durchdringt trotz des Magnetfeldes die Extradimensionen und führt so zur Zeitumkehr innerhalb eines gewissen Radius. Somit beobachten wir derzeit den Effekt, dass das Gravitationsfeld des Loches zwar eine Zeitumkehr bewirkt, jedoch nicht genügend Materie einfangen kann, bevor es verstrahlt.«

»Könnte man, natürlich im Schutz der Magnetfelder, stabilere Löcher entstehen lassen, um die Zeitumkehr länger andauern zu lassen?«

»Nach unseren bisherigen Berechnungen erscheinen stabile Löcher wegen der starken Hawkingstrahlung im Elementarbereich ausgeschlossen. Aber wir könnten den Zeitumkehr-Effekt dennoch länger aufrechterhalten und beobachten, wenn wir mehrere Teilchenfelder in kurzen Abständen durch die Röhren jagen. Sobald die Löcher, die bei einer Kollision entstanden sind, verstrahlen, erfolgt bereits die nächste Kollision. Das könnten wir nahezu beliebig lange fortsetzen und andauern lassen. Im Prinzip so wie in einem laufenden Automotor. Sobald der Kolben zurückkommt, erfolgt die nächste Zündung. Und wenn wir schwerere oder energiereichere Teilchen verwenden, könnten die Gravitationsfelder schwererer Löcher auch weiter reichen, so dass wir einen größeren Raum untersuchen könnten, in dem die Zeitumkehr herrscht.«

Matthew lehnte sich in seinem Stuhl zurück.

»Ich bedanke mich für Ihre Ausführungen. Nun möchte ich Sie nicht weiter stören.«

5

An einem besonders warmen Frühlingstag betrat Professor Bendner, zunächst noch gut gelaunt, den Bürotrakt seines Projektbereiches. Dort aber erwartete ihn seine Sekretärin mit einem äußerst missmutigen Gesichtsausdruck. Frau Stegmaier presste die Lippen aufeinander und wedelte ihm ein Blatt Papier entgegen.

»Was ist das?«

»Ihre Stellenanforderung«, zischte sie zwischen den Zähnen hervor. Bendner nahm ihr das Papier aus der Hand und überflog es auf dem Gang in sein Büro.

... können wir trotz ihrer jüngsten Resultate kurzfristig kein Team in der von Ihnen beantragten Stärke abstellen ... vertrauen wir auf eine hinreichend plausible Erklärung des Phänomens ... bemühen wir uns, mittelfristig Ihrem Personalbedarf gerecht zu werden ... dürfen wir Ihnen dennoch, zunächst auf zwei Jahre befristet, Herrn Dr. Matthew Ihrem Projekt überstellen ... kommen wir in naher Zukunft auf Ihr Gesuch zurück ... mit freundlichen Grüßen ... und so weiter.

Eine Kraft statt derer sechs. Bendner schüttelte den Kopf. Er stieß seine Bürotür etwas heftiger auf als sonst. Dr. Matthew, der am Fenster stehend auf ihn gewartet hatte, fuhr erschrocken herum.

»Ich sehe schon. Sie hatten wohl mehr erwartet«, begrüßte er seinen Chef. Bendner nahm hinter seinem Schreibtisch Platz.

»Allerdings.«

Er knallte seine spärlich befüllte Aktentasche flach auf den Tisch.

»Sie verwenden Jahrzehnte auf den Bau dieser Anlage, geben Milliarden aus, lassen Tausende Wissenschaftler und Mitarbeiter hier forschen und jetzt, ausgerechnet jetzt, wo wir genau das gefunden haben könnten, wofür all die Milliarden geflossen sind, haben sie keine sechs Leute für mich übrig?«

Die beiden Männer sahen sich eine Zeit lang schweigend in die Augen. Dann beruhigte sich Bendner wieder.

»Sie können nichts dafür«, sagte er zu Matthew.

»Also, willkommen als Mitarbeiter in meinem Team.«

»Danke, Professor. Es ist mir eine Ehre.«

»Ob das eine Ehre ist oder wird, kann ich Ihnen noch nicht versprechen, Doktor. Aber vielleicht, nur vielleicht, haben wir das Glück, Geschichte zu schreiben. Zuse hat den Computer bewusst und gewollt erfunden. Aber vieles, was unsere Welt verändert oder unser Wissen auf den Kopf gestellt hat, wurde zufällig entdeckt. Fleming entdeckte die Wirkung von Penicillin durch Zufall, auch Röntgen entdeckte seine Strahlen zufällig, und Pfizer wollte ein Herzmittel entwickeln, bis man feststellte, dass die Probanten eine Erektion bekamen. Wir dagegen suchen das Higgs-Teilchen, und jetzt finden wir das hier!«

Bendner zog die große Schublade auf, verstaute darin seine Aktentasche und stand dann auf.

»Kommen Sie«, sagte er zu Matthew.

»Ich will Ihnen was zeigen.«

Sie verließen den Bürotrakt und steuerten den Shuttle

zum LHC an. Als sie die Anlage in über 100 Meter Tiefe erreichten, führte Professor Bendner seinen Kollegen durch unzählige Schleusen in eines der Rechenzentren, die die Daten der Detektoren sammelten und auswerteten. Ein gutes Dutzend Wissenschaftler arbeitete zu dieser Zeit an den Monitoren, und Bendner steuerte gezielt auf einen vollbärtigen Mann zu, der ihnen den Rücken zuwandte. Er legte dem Mann die Hand auf die Schulter und sagte:

»Jörg, Dr. Matthew gehört seit heute fest zu unserem Team, wenngleich auch erst einmal nur für zwei Jahre.«

Die beiden Männer gaben sich die Hand.

»Jörg, zeige unserem neuen Teammitglied doch einmal die Aufzeichnung der letzten Kollision.«

»Die besagte Tabelle?«

»Nein, zuerst die räumliche Darstellung.«

Kurze Zeit später erblickte Matthew auf dem großen Monitor eine Vielzahl verschiedenfarbiger Punkte und Striche auf weißem Grund, die in der 3D-Darstellung so etwas wie eine Kugel bildeten. Dr. Jörg Niebaum drehte diese Kugel hin und her, so dass die Männer sie von allen Seiten betrachten, ja sogar mit einem Zoom in sie hineinfahren konnten.

»Das, mein lieber Dr. Matthew, sind die verschiedenen Teilchen, Energien und Phänomene, die unmittelbar nach der Protonenkollision entstanden und zum Teil auch wieder vergangen sind. In dieser schematisch räumlichen Darstellung können wir sehen, wie weit sie sich vom Zentrum der Kollision entfernen und wohin. Es handelt sich allerdings nur um einen winzigen Bruchteil der aufgenommenen Daten. Um genau zu sein, zeigt dieses

Bild die Situation nur wenige Nanosekunden nach der Kollision.«

»Und was ist das hier?«

Dr. Matthew zeigte auf eine auffällige Ansammlung roter Punkte, die erstaunlich symmetrisch eine Art innere Kugel mitten im Zentrum der Explosionswolke bildeten.

Professor Bendner klopfte ihm auf die Schulter.

»Das, mein Lieber, ist genau das, um was es hier geht.«

Ohne ein Wort des Professors abzuwarten, schaltete Jörg Niebaum auf die tabellarische Ansicht der Situation.

»Hier, Matthew«, dozierte Bendner weiter, »sehen Sie alle Daten in tabellarischer Form. Um welche Teilchen es sich handelt, ihre genauen Koordinaten im Raum, Zeitpunkt ihres Entstehens und Vergehens und so weiter.«

Dr. Niebaum scrollte die Tabelle zu einer Stelle, von der er wusste, dass der Professor sie seinem neuen Mitarbeiter zeigen wollte.

»Und das hier ...«

Bendner machte eine ausladende Kreisbewegung mit der Hand um einen größeren Tabellenblock,

»...das sind die Daten jener roten Punkte, die Ihnen in dem 3D-Schema aufgefallen sind. Es handelt sich um Myonen. Ihre Entstehung nach Protonenkollisionen ist bekannt. Diese hier zeichnen sich jedoch durch zwei neuartige Auffälligkeiten aus.«

»Und die wären?«

»Zum einen fliegen sie tatsächlich außergewöhnlich symmetrisch im Raum. Sie bilden einen nahezu perfekten Kreis um ein gemeinsames Zentrum, mit dem sie scheinbar verbunden oder an das sie gefesselt sind. Ihre räumlich symmetrische Lage unterscheidet sich kolossal von den chaotischeren Flugbahnen anderer Teilchen.«

»Ein Schwarzes Loch im Inneren.«

»Genau. Die zweite Sache ist noch bemerkenswerter.«

Professor Bendner forderte Dr. Niebaum auf, Matthew die Animation zu zeigen. Der soeben fest an Bendners Team abgeordnete Wissenschaftler sah sich nun am Monitor die ersten Nanosekunden nach der Kollision in einer animierten Bewegung an. Während andere Elementarteilchen auseinander flogen und sich weiter und weiter vom Kollisionszentrum entfernten, tauchten mit einem geringen zeitlichen Abstand plötzlich die rot eingefärbten Myonen in unmittelbarer Nähe des Kollisionszentrums auf, flogen ebenfalls zunächst davon, um kurz darauf in eine Kreisbahn zu schwenken und dann wieder zurück zum Zentrum zu fliegen, wo sie letztendlich vollends verschwanden.

Matthew sah Bendner an. Dann vermutete er:

»Das sieht mir so aus, als sei hier an dieser Stelle, in unmittelbarer Nähe des Kollisionszentrums, eines dieser kurzlebigen schwarzen Löcher entstanden, das die Myonen eingefangen hat, bevor es selbst verstrahlte.«

»Genauso ist es«, erwiderte Professor Bendner.

»Aber das allein ist nicht das Bemerkenswerte.«

»Was ist es dann?«

»Sie haben soeben das Leben dieser durch die Kollision entstandenen Myonen rückwärts ablaufen sehen.«

»Dann zeigen Sie es mir eben noch mal vorwärts.«

»Das haben wir getan, lieber Matthew. Die Animation läuft vorwärts, was Sie anhand der anderen auseinander fliegenden Teilchen sehen konnten.«

Die Animation begann noch einmal von vorne. Als die roten Myonen auftauchten und begannen, vom Zentrum wegzufliegen, zeigte Matthew auf sie.

»Hier, Professor! Jetzt sind sie gerade entstanden und beginnen damit, sich vom Zentrum zu entfernen, bis sie ...«

Bendner unterbrach ihn.

»Das war nicht das Entstehen der Myonen, das Sie da gerade gesehen haben. Es war der Zeitpunkt, an dem sie vom Loch verschluckt werden. Und was Sie als das Wegfliegen vom Zentrum zu erkennen glaubten, ist in Wirklichkeit das Hingezogenwerden zum Zentrum, nur rückwärts. Und das, was Sie gleich scheinbar als das Verschlucktwerden am Ende der Animation zu erkennen glauben, ist in Wirklichkeit die Geburt der Myonen. In der Animation sieht es so aus, als entstehen die Myonen, fliegen weg und werden wieder zurückgezogen und verschluckt. In Wirklichkeit läuft es rückwärts. Die Animation beginnt mit dem Verschlucken und endet mit der Geburt der Myonen. Die Entwicklung der Myonen läuft rückwärts. Alle Teilchen, auch die Myonen, bewegen sich im Raum vorwärts. Aber die Myonen bewegen sich in der Zeit rückwärts.«

»Erzählen Sie mir, wie Sie das herausgefunden haben, denn nur die Animation alleine kann so oder so gedeutet werden.«

Ungefragt schaltete Dr. Niebaum wieder zurück auf die tabellarische Ansicht.

»Hier!«

Professor Bendner deutete auf drei Spalten am rechten Rand der Tabelle.

»Ihre Lebenszeit ist negativ.«

»Negativ?«

»Ja, negativ. Sie starben vor ihrer Geburt. Hier ...«

Er tippte mit seiner Fingerkuppe heftig auf den Bildschirm.

»Die Myonen entstanden exakt 3,7 Nanosekunden nach der Kollision, und sie wurden 1,9 Nanosekunden nach der Kollision vom schwarzen Loch verschluckt. Sie existierten also *minus* 1,8 Nanosekunden!«

Dr. Matthew sah dem Professor lange Zeit schweigend in die Augen.

»Das ist nicht nur äußerst bemerkenswert. Das ist mehr als das. Das ist eine Sensation!«, sagte er dann.

»Was Sie nicht sagen, Doktor Matthew. Und genau diese Sensation werden wir untersuchen. So lange, bis wir mit der Lösung, und sei es nur eine plausible Theorie, an die Öffentlichkeit gehen können.«

»Das sind Sie noch nicht?«

»Sind Sie verrückt, Doktor? Hunderte Bürgerinitiativen demonstrieren weltweit gegen diese Versuche. Aus Angst, diese Löcher könnten die Erde verschlingen. Bevor ich nicht ein handfestes Ergebnis vorzuweisen habe, ist das hier alles streng geheime Verschlusssache.«

Die beiden machten sich auf den Weg zurück zur Shuttle-Station. In einem Zwischengang blieb Bendner plötzlich vor einer Toilettentür stehen.

»Und dafür brauche ich ein größeres Team, verstehen Sie?« Matthew musste ebenfalls urinieren und folgte dem

Professor zu den Urinalen.

»Zumindest ich werde Sie ja jetzt die nächsten zwei Jahre unterstützen, Professor«, sagte er, als sie vor den Urinalen standen und sich die Hosen öffneten.

Als Otto Bendner darauf etwas erwidern wollte und seinen Kopf zu Matthew drehte, bemerkte er, dass dieser unter dem Oberhemd eine eng anliegende gummiartige Weste auf der Haut trug. Auf deren Oberfläche umschlang in Hüfthöhe ein flaches ringförmiges silberfarbenes Gebilde seinen Körper.

Komisches Ding, dachte Bendner.

Er fragte sich kurz, ob es sich vielleicht um ein medizinisches Gerät handeln könnte, das Matthew wegen einer Krankheit tragen müsse, die er nicht offenbaren wollte. Vielleicht ein neuer mobiler und automatischer Insulingeber oder so etwas. Aber er wollte Diskretion wahren und fragte nicht danach.

Dann ergriff Dr. Matthew wieder das Wort.

»Ich werde meine ganze Energie und Zeit in dieses Projekt stecken. Ich werde Ihnen nicht mehr von der Seite rücken und Sie Tag und Nacht begleiten, bis die Arbeit getan ist und Sie am Ende gar noch den Nobelpreis dafür bekommen.«

»Machen Sie sich nicht lächerlich«, erwiderte Bendner und zog den Reißverschluss seiner Hose wieder hoch.

Auflösung: Sie werden sicher bemerkt haben, dass es sich bei Dr. Matthew um einen Historiker aus der Zukunft handelt, der mit einem mobilen Zeitumkehrer (Teilchenbeschleuniger) um den Bauch ausgestattet ist, dessen zukünftige Entwicklung Bendner in seiner Stockholmer Rede prophezeit hatte. Die Geschichte wird folgerichtig rückwärts erzählt, beginnend an ihrem Ende und fortschreitend zu ihrem Anfang, weil die Zeit in Matthew's Nähe immer rückwärts läuft.

Das führt zwangsläufig zu einem Paradoxon, weil sich die beiden Personen zweimal kennenlernen (in Stockholm und am „Ende" bei der Personalzuteilung), obwohl sie sich, folgt man der Logik der Geschichte, in beiden Fällen schon kennen müssten. Ich habe dieses Paradoxon sprachlich gelöst, indem ich beide Kennenlern-Situationen so formulierte, dass beides möglich ist: Sie kennen sich schon oder eben auch nicht.

Herausgekommen ist eine Geschichte, die Sie Kapitel für Kapitel in beide Richtungen lesen können. Sie funktioniert von „vorne nach hinten" ebenso wie von „hinten nach vorne", genauso wie Bendner's Vorname: *Otto*.

Ich hoffe, sie hat Ihnen Spaß gemacht.

Thomas Dellenbusch

Den auf dem Buchrücken zitierten Bücher-Blog finden Sie hier:

http://jeanne-darc-blog.blogspot.de/

Im KopfKino-Verlag sind bisher erschienen:

Thomas Dellenbusch

Der Matrjoschka Code

Das Testament

Der Nobelpreis

Der Weichensteller

Verstecktes Herz

Liebe ist kein Gefühl

Chase – Jagd auf die stumme Dichterin

Lilly M. Daniel

Auch die gute Hoffnung stirbt zuletzt

Pia Recht

Der Herzschlag Connemaras - Kastanienrot

Tanja Bern

Distant Shore – Sterne der See

Annika Dick

Lovely Skye – Ein Sommer in Balnodren

Alle Geschichten sind auch als
eBook oder Hörbuch erhältlich

Ausführliche Lese- und Hörproben finden Sie auf
MeinKopfKino.de

Thomas Dellenbusch wurde 1964 in Düsseldorf geboren. Der ehemalige Kriminalbeamte und jetzige Werbetexter schreibt ausschließlich Novellen (Erzählungen) und lässt sich nicht auf ein Genre festlegen. Aus seiner Feder stammen jedoch auch öffentliche Reden für Minister, Gedichte für Mitmenschen, Drehbücher, Reflexionen, und vieles mehr, was sich in lebendige Worte kleiden lässt.

Thomas Dellenbusch im KopfKino-Verlag:

"Der Weichensteller"
"Das Testament"
"Der Nobelpreis"
"Der Matrjoschka Code"
"Verstecktes Herz"
"Liebe ist kein Gefühl"
"CHASE - Jagd auf die stumme Dichterin"

Sonstige Veröffentlichungen:

„Worte im Kreis", Anthologie (ISBN 9783839145562)
Drehbuch „Texas Hold'em Poker" (Lehr-DVD; MMP)
Drehbuch „Einbruchschutz" (Film; LKA NRW & LBS)